長編小説

となりの訳あり妻

草凪 優

JN052800

竹書房文庫

目次

※この作品は竹書房文庫のために
書き下ろされたものです。

プロローグ

会社の近くに新しいラーメン店がオープンした。

海老出汁《えびだし》が売りのいわゆる進化形ラーメンの店で、ラーメンも旨《うま》いがまぜそばも絶品らしい。若林航平《わかばやしこうへい》はその店を恨めしげに横眼で眺めながら、向かいにある町中華の店に入った。店内はボロくて油じみているし、味はぼんやりして旨いとは言えず、ホールの婆さんの耳が遠いことで有名だった。注文を大声で三度は繰り返さなければ通じない、残念な店である。

航平はラーメンが大好物で、海老出汁の進化形と言われた日には、食欲をそそられてしかたがないのだが、店の前にはいつだって行列ができていた。旨いラーメンを食べられるのなら多少の行列は厭《いと》わないけれど、店構えが妙におしゃれなせいもあり、行列の中に女が目立った。つまり、店に入れば隣が女になる確率が高い。

長い髪を邪魔そうによけながら、ハフハフ言ってラーメンを頬張っている女の姿はエロティックだ、と航平も思う。しかし、ＹｏｕＴｕｂｅで見るならともかく、隣に座られては困る。航平は、隣に女が座っているシチュエーションが大の苦手なのである。

もう二十四歳になるのに、子供のころの出来事に惑わされている自分が哀《かな》しい。

航平は小学校五、六年の二年間、ずっと同じ女子と隣り合わせだった。一学年にひとクラス、四十人しかいなかったので、もっと規模の大きい学校に比べれば、同じ人間と隣になる確率は高いだろうが、それにしても二年間ずっと一緒というのは異常だ。出席番号順でも隣なら、くじを引いてもあみだをやっても、かならずその女子は航平の隣にいた。一カ月ごとに席替えがあったにもかかわらずだ。

「航平また晴香《はるか》の隣かよー、熱いねー」

席替えのたびにクラスメイトから冷やかされるのが恒例行事で、子供にとってはいじめのようなものだから、ぶちギレそうになったことは一度や二度ではない。それができなかったのは、隣の女子——綿貫《わたぬき》晴香がいいやつだったからだ。物静かで口数少なく、しゃべった記憶はあまりないのだが、忘れ物が多かった航平をいつだって助けてくれた。筆箱を忘れれば黙って鉛筆を渡してくれたし、教科書を忘れれば机をくっつけて一緒に見られるようにしてくれた。

俺は綿貫のことなんてなんとも思ってないから！　――そんなことを言って女子を傷つけるのは男のすることではないと、子供心にもわかっていた。それだけは絶対にしてはならないと、甘んじて二年間冷やかされつづけた。

しかし……。

六年生三学期の最後の席替えのとき、ついにキレた。最後くらいは彼女から離れてもいいはずだという祈りは天に届かず、やはり隣が彼女だとわかった瞬間、怒声をあげてクラス全員をドン引きさせてしまった。

伏線がある。

晴香は最初、地味で目立たないタイプだった。低学年のときは身長もクラスでいちばん低かったはずで、先生に指されても答えることができず、涙眼でぷるぷる震えているような感じだった。

それが、学年があがっていくたびに可愛くなっていき、六年生の後半にもなると芸能事務所からスカウトが来ているという噂がたつほどの美少女になった。美少女の隣は緊張する。ずっと隣の席でも、べつに仲がいいわけではなく、おしゃべりで盛りあがったとか、校庭で一緒に遊んでいたわけではないから、緊張感は増していくばかりで、しかも、そのあたりから鉛筆を貸してくれたり教科書を見せてくれるとき、晴香はなんとなく面倒くさそうな態度をとるようになった。

実際、面倒くさかったのだろう。もうすぐ中学生になるというのに筆箱や教科書を忘れているほうが悪いに決まっているが、航平は傷ついた。喩《たと》えて言えば、美少女はアンプに繋《つな》がれたギターなのだ。小さな音が大きく響く。容姿が並み以下の女子はアンプのないギターだ。似たようなシチュエーションで冷たくされたところでヘラヘラ笑っていられるのに、相手が美少女だとなにかがグサッと胸に刺さる。顔はこわばり、言葉は返せず、涙眼になりそうなのをこらえることしかできない。

「よお、航平。晴香は私立の中学に行くみたいだから、コクっておくならいまのうちだぜ」

クラスメイトに冷やかされた航平はガタンと椅子を倒して立ちあがり、隣の晴香を指差して叫んだ。

「俺は……俺はこんなやつ大っ嫌いなんだよっ！」

教室に緊張が走った。航平はもともとキレるようなタイプではないし、冷やかされるのは二年間続いた恒例行事なので、なぜいまさらキレるのか誰にもわからなかったに違いない。

水を打ったように静まり返った教室で、晴香も立ちあがった。恨めしげな眼で見つめられ、航平はたじろいだ。

「わたしだって……航平くんなんて大っ嫌いだもんっ！」

晴香はそう叫んで泣きはじめた。手放しの号泣だった。さすがにまずいと思ったらしく、いつもは冷やかしてばかりの悪童たちも、「落ち着け、航平」「女子にひどいこと言うなよ」となだめてきた。

女子たちも、晴香を取り囲んで慰めた。みんなこちらを睨《にら》んでいた。おまえが悪い、とどの顔にも書いてあった。実際その通りだったので、航平は黙ってうつむくことしかできなかった。

小学校を卒業すると晴香は学区外の私立に進学し、航平も父親の突然の転勤により、東京に引っ越すことになった。

晴香と会うことは二度となかったが、その出来事のせいで、「隣の女」にとても敏感な体質になった。敏感というかトラウマだ。「隣の女恐怖症」のようなもので、女が隣にいるというシチュエーションにビビッてしまう。緊張して金縛《かなしば》りに遭《あ》う。それが好みのタイプであればあるほど意識が過敏になって、座ること自体から避けようとしてしまう。女への興味は十分にあるのにもかかわらずだ。

おかげで航平は、二十四歳にもなって、まだ恋愛の経験がなかった。女の隣に座れない体質では人間関係を深められるはずがなく、しかも綺麗だと思ったり、可愛いと思う女の隣ほど避けているのだから、いつだって遠くから見ているだけの片思いの憂《う》き目に遭っているのだった。

たぶん、晴香にひどいことを言ってしまったせいだろう。

美少女を傷つけた罰として、恋愛ができない呪いをかけられてしまったのだ。

第一章　アラサー妻は欲求不満

1

ピンポーン、と呼び鈴が鳴った。

ベッドの中でまどろんでいた航平は、すぐには起きあがれなかった。カーテンの隙間から差しこんでいる陽射しがまぶしく、もう朝なのは間違いない。しかし、今日は日曜日なのである。

ピンポーン、ピンポーン……。

呼び鈴はしつこかった。枕元に置いてあるスマホを見ると、午前十時を少しまわったところだった。昼まで寝ているつもりだったので、起こされたことにイラッとする。

航平は社会人二年目。食品メーカーの駆けだし営業マンとしてウィークデイは頑張って働いているので、休日くらいはのんびり朝寝を決めこみたいのだ。

ピンポン、ピンポン、ピンポン、ピンポン……。

ひとり暮らしのこのアパートに、訪ねてくる人間などいないはずだった。通信販売の類《たぐ》いも利用していないから、宅配便が来る予定もない。しかし、そこまで呼び鈴を押しつづけるなら、なにか重要な用件なのかもしれないと、航平はしかたなくベッドから出た。

寝ぼけまなこをこすりながらドアスコープをのぞくと、女が立っていた。見知らぬ女だった。航平はボサボサの髪に毛玉だらけのスウェット上下のまま、思いきり不機嫌そうな顔で玄関扉を開けてやった。

「なんですか？」

女は黒いスーツに白いブラウス、長い髪をひとつにまとめた丸顔に、人懐こい笑みを浮かべていた。

「おはようございます。わたし、ＡＢＣ生命の森野《もりの》と申します……」

保険の勧誘員らしい。反射的に扉を閉めてもよかったが、航平はまだ寝起きで意識がぼんやりしていた。強気な態度に出るには血の巡りが悪かったし、それに加えて、黒いスーツの女は可愛かった。

たぶんアラサーだが、フレッシュＯＬのような初々《ういうい》しさがある。リクルートガールのような装《よそお》いのせいかもしれないし、笑顔のせいかもしれない。営業スマイルにしても、見ているこちらの心が和《なご》む素敵な笑顔だ。

名刺を渡された。森野菜々瀬《ななせ》――名前もアイドルのように可愛かった。好感度は高かったが、社会人二年目の航平に保険に入る余裕はなかった。申し訳ございませんが、と名刺を受けとっただけで扉を閉めようとすると、

「あのう……」

菜々瀬は眼尻を垂らした顔で、すがるように見つめてきた。

「日曜日の朝っぱらからこんなふうに訪ねてくるなんて、ご迷惑ですよね？　それは重々承知しているんですが、わたしもこの仕事始めたばかりで必死なんです。ご契約していただかなくてもかまいませんから、説明だけでもひと通りさせていただくことはできませんか？　お願いします……」

飛びこみ営業を冷たくあしらわれるつらさなら、航平もよく知っていた。あれは本当に泣きたくなる。自分の存在がとてもみじめな、スーツの肩について振り払われるだけの運命にある糸くずのような気になるものだ。

同じ営業職への同情心から、航平は菜々瀬を部屋の中に通した。六畳ワンルームの

狭い部屋だった。客が訪れることを想定していないレイアウトなので、航平はベッドを直し、菜々瀬をそこに座るようにうながした。自分はフローリングの床にあぐらをかく。

「なんか変な感じですね……」

菜々瀬は苦笑した。

「隣に腰かけてもらえません？」

「それはできないですから！」

航平はきっぱりと言い放った。あまりにも断固とした態度だったので菜々瀬は驚いたように眼を丸くし、ひきつった顔で資料を出して保険の説明を開始した。

死亡保険やら医療保険やらがん保険やら、熱心に説明してくれたが、寝起きだった航平は、五分も聞いていると睡魔に襲いかかられた。

もちろん、うたた寝してしまうほど失礼なことはないので、眼はカッと見開いていたが、話を右から左に聞き流しているうちに、夢とうつつの間をさまよっているようなふわふわした気分になってきた。

菜々瀬は可愛かった。声もアニメの声優のようで好感がもてる。一見して、フレッシュOLと見違えたが、高校や大学を卒業したばかりの新入社員とは決定的に違うところがひとつある。

似たような黒いスーツを着ていても、二十歳《はたち》そこそこの新入社員は総じてスーツがぶかぶかなのだ。まだ体が発展途上で立体感がなく、薄べったいせいだろう。

その点、アラサーらしき菜々瀬はグラマーで、黒いスーツをパッツンパッツンにしていた。どうやら巨乳らしく、胸はブラウスのボタンが飛びそうなほどだし、太腿《ふともも》に至ってはタイトスーツの許容量ぎりぎりの感じだった。ベッドに座ったことでただでさえ肉づきのいい太腿がさらに量感を増し、スカートの生地が破れてしまわないか心配になるほどだった。

「こちらをどうぞ」

パンフレットを差しだされたので、航平は受けとった。そのとき、菜々瀬の左手の薬指に銀の指輪が光っているのを見てしまった。

つまり、彼女は人妻……。

可愛い顔をしているくせに、家に帰れば夫がいて、そのグラマーなボディをたっぷりと愛撫されているわけである。

夫が羨《うらや》ましくてしようがなかった。黒いスーツという地味な格好をしていてもこれほど色香が匂ってくるのだから、パステルカラーの部屋着などを着たら超絶可愛いに違いない。モコモコな生地もラブリーだが、薄手のパイル地ならブラジャーやパンティのラインが透けるかも……。

「どうかしました？」

菜々瀬が眉をひそめて声をかけてきたので、航平はビクッとした。彼女はベッドに腰かけていて、こちらは床に座っている。必然的に目線は彼女のスカートのあたりに向かってしまうのだが、のぞきを疑われたのかもしれない。

のぞいてみたかったが、そこまでするほど落ちぶれてはいなかった。航平はあからさまにうつむいてやったが、そうすると今度は、菜々瀬の脚が視界に入ってきた。彼女はストッキングを穿いていた。ナチュラルカラーのナイロンに両脚が包まれ、爪先のところは二重になっている。

エロかった。

どうしてなのかわからないけれど、ストッキングに包まれている女の爪先はエロい。航平は足フェチでもなんでもなく、それで股間を踏まれたいとか、変態チックなことなんて一度も考えたことがないのに……。

菜々瀬の爪先があまりにもセクシーなので、つい考えてしまった。極薄のナイロンに二重に包まれた爪先が自分の股間を、ちょんちょんとつついてくるところを……あるいは足の裏で、むぎゅーと踏みつけられたり……。

「……やだ」

菜々瀬のおぞましげな声で、航平はハッと我に返った。彼女は青ざめた顔で、こちらの股間を見ていた。グレイのスウェットパンツが、もっこりと盛りあがっていた。余計なことを考えていたせいで、勃起してしまっていた。

「すっ、すいませんっ！」

航平はあわてて正座し、さらに前屈みになって股間のふくらみを隠した。経験したことがないくらい、顔が熱くなっていた。

「こっ、これは生理現象なんです。さっきまで寝てたから……セッ、セカンド朝勃《あさだ》ちというか、そういうもので……」

自分でもなにを言っているのかわからなかったが、菜々瀬はもっとわからなかっただろう。彼女も彼女で可愛い顔を紅潮させて、どうしていいかわからないという雰囲気である。

「ほっ、保険、入らさせていただきます……安いやつなら……月々三千円とかなら……僕、健康だけが取り柄で、入院なんて絶対にしないと思いますけど、やっぱり人生に保険は必要ですよね……」

「よろしくご検討ください……」

菜々瀬はパンフレットだけを置いて、そそくさと部屋を出ていった。こちらが保険に入ると言っているのに、契約書を出したり、判子を押すことを求めてきたりしなかった。

嫌われてしまったのだろうな、と思った。

不可抗力とはいえ、嫌われてもしようがないことをしでかしてしまったのだからしかたがない。どうせ二度と顔を合わせることもない保険勧誘員なんだし、と航平は忘れてしまうことにしたが、その日は一日中落ちこんでいた。

2

二度と顔を合わせることはないはずだったのに、航平とその人妻は不思議な縁で結ばれていた。

今年の春は、やたらと雨が多かった。

春の雨は降るたびに気温が上昇していくので嫌いではなかったが、今年の春ほど雨が印象に残った年はない。

ある日、航平は『キングダム』の続きがどうしても気になって、早朝の四時過ぎにコンビニまで「ヤングジャンプ」を買いにいった。そのときも雨が降っていた。春雨のくせに傘をバラバラと鳴らすような本格的な降り方で、徒歩三分のコンビニを往復しただけで、ズボンの膝から下がびっしょりに濡れた。

そのとき、新聞配達をしている女とすれ違った。黒いカッパを着て自転車にまたがり、新聞を配ってまわる姿は健気《けなげ》としか言い様がなく、漫画の続きが気になって朝っぱらからコンビニに行っている自分が情けなくなったものだが、その女が菜々瀬だった。

えっ？　と思ったときにはもうすれ違っていたので、顔を凝視したわけではないが、おそらく間違いない。髪をひとつにまとめた横顔に笑顔はなく、降りしきる雨に打たれて呼吸をするのも大変そうだった。

バイトだろうか、と思った。保険勧誘員の仕事を始めたものの、成績が芳《かんば》しくなく、ということは給料もあまりもらえないので、新聞配達をしなければ生活が立ち行かない……このご時世では珍しくもないだろうが、彼女は人妻だったはずだ。左手の薬指に銀の指輪を嵌《は》めていた。

養ってくれるはずの夫がいながら、保険勧誘員と新聞配達を掛け持ちしているなんて、なかなかの訳あり感である。

そして、それから数日後、航平は三たび菜々瀬と顔を合わせることになる。

また雨が降っていた。会社を出るときはあがっていたのに、最寄りの駅についた途端に雷鳴を轟《とどろ》かせて土砂降りの雨が降ってきた。

鞄《かばん》に入れてあったはずの折りたたみ傘を会社に忘れてきたようで、航平は天を仰ぎたくなった。売店でビニール傘を買うと五百円——濡れて帰ることにした。

自宅アパートまで歩いて八分、走れば四、五分。そう思って駅から飛びだしたものの、一分も走らないうちに息が切れた。顔に雨を浴びながら走るのは、想像以上に苦しかった。おまけに、雷鳴は大きくなっていくばかりで、ドドーンと落雷の音まで響いてきた。避雷針に落ちたのだろうが、本能を恐怖させる爆裂音と地鳴りに動けなくなり、側にあった店の軒下に避難した。

ハンカチを出して髪を拭《ぬぐ》ったが、まだこれから雨の中を走らなければならないのだから、まったくの無意味だった。ドドーンと落雷音が轟くたびに身をすくめていると、情けなくて目頭《めがしら》が熱くなってきた。

「あらー、すごい雨ね」

背後で声がし、振り返ると紫色のドレスを着た女が立っていた。六十歳前後だろうか。鳥の巣のような髪が七色に染まっていた。

そこはスナックの軒下だったのだ。彼女はおそらく店のママ――航平はスナックにもキャバクラにも行ったことがなかったが、雰囲気でわかった。もちろん、すぐにこそこそと背中を向けたが、

「雨宿りしていけば？」

後ろから声をかけられた。

「安くしてあげるからさ。飲み放題で三千円ぽっきり。ふふっ、一時間も飲んでれば、雨もやむんじゃないかしら」

双肩に手を置かれ、航平は震えあがった。この手の店に慣れていないせいで断る台詞《せりふ》がどうしても思いつかず、導かれるままに、店の中に入ってしまった。ビニール傘の五百円をケチったばかりに、三千円の大出費だ。泣きたくなったが、別の問題もあった。

スナックは、ホステスが隣に座るところなのである。薄暗い店内に入ると、派手なドレスを着た女が何人もいた。みな、男にしなだれかかっていたり、男に肩を抱かれていた。とにかく、距離が近すぎる。

マジかよ……。

いちばん奥のボックス席に通された航平は、完全に怯えきっていた。帰るべきだと思ったが、帰るのなら三千円を支払わなければならないだろう。まだひと口も飲んでいないのだから金を払う必要はない、という論理は通用しないような気がした。ここは大人の世界なのだ。わがままを言ったら、怖いおにいさんが出てきたっておかしくない。

「いらっしゃーい」

ピンク色のドレスが、目の前で揺れた。うつむいていることしかできない航平に、女の顔を見ることはできなかった。とにかくエロいドレスだった。生地が薄くて、凹《おう》凸《とつ》に富んだボディラインがはっきりわかる。胸元や肩や二の腕と、肌の露出がやたらと多くて、スリットからは太腿がのぞいている。

「あら、もしかしてあなた……航平くん？」

名前を呼ばれ、ビクッとした。恐るおそる顔をあげると、可愛らしいハーフアップの髪をした女が笑っていた。

菜々瀬だった。股間をもっこりふくらませたところを目撃されたことを思いだし、航平は青ざめたが、

「意外ー、スナックなんかで飲むタイプに見えなかったけどー」

菜々瀬は笑いながら、肩をペシペシと叩いてきた。顔が赤く、呂律《ろれつ》があやしかった。酔っているようだった。酔ってなければ、いきなりファーストネームで呼んでくることもなかっただろう。

「お飲み物は水割りでいい？　うちのハウスボトルは角瓶だから、まずくないわよ。あっ、わたしも喉渇いたからビール頼んでいいかしら？　飲み放題とは別会計になっちゃうんだけど……」

訳がわからないままうなずいているうちに、水割りのグラスが目の前に置かれ、菜々瀬の前には生ビールが運ばれてきた。乾杯すると、航平は気付けのつもりで水割りを半分ほど喉に流しこんだ。

女が隣の席に座っているが、かろうじて金縛りには遭っていなかった。それでも心臓はドクン、ドクンと高鳴っているし、いまにも眩暈《めまい》を起こしそうではある。

これは修業だ、と考えることにした。

いつまで経っても小学校時代のトラウマに支配され、女の隣に座れない男でいいのか、ともうひとりの自分が言っていた。航平と菜々瀬の距離は数センチ、もう少しで肩が触れあいそうだった。この状況で酒など飲めば挙動不審になることは眼に見えていたが、相手は友達でも同僚でも上司でもない。多少の粗相《そそう》は笑って許してくれそうなホステスなのだから、ここでしっかりと免疫をつけ、女の隣に座れる男に生まれ変わるのだ。

しかし、相手は手強かった。保険勧誘員のときは初々しい雰囲気で、雨の中新聞を配る姿は健気だったが、露出過多で酒に酔っている菜々瀬は大胆だった。

「あなたやさしいのね」

耳元で甘くささやいてきた。必然的に体も密着しそうになり、航平はあわてて尻の位置をずらした。

「ここのお客さんケチんぼばっかりだから、滅多にビールなんてご馳走してくれないのよ」

「そっ、そうですか……」

ビールの追加料金も気になったが、それ以上に、こちらが逃げたぶんだけ、菜々瀬が迫ってくることに困惑していた。

「彼女いる？」

「いいえ」

「どういう子がタイプなの？」

「さあ……」

航平が曖昧《あいまい》に首をかしげると、菜々瀬はニッと笑ってまた体を密着させてきた。航平は当然逃げようとしたが、コーナーに追いこまれてしまった。

「あててあげましょうか？」

「えっ？　なにを……」

「キミのタイプ」

「はあ……」

「明るくて料理がうまくてエッチが大好き」

「いっ、いやあ……」

いきなり下ネタかよ、と航平は顔をひきつらせたが、菜々瀬は航平のリアクションなどきっぱりと無視して自分のことを指差した。

「それ、わたしのことだけど」

航平は返す言葉を失った。菜々瀬はニマニマ笑っている。なるほど、からかわれているらしい。

「りょ、料理がうまいんですか？」

「エッチはもっとうまいけどね」

「そういうこと言って、僕を困らせようとしてるんでしょ」

もっこりを見せつけられた意趣返しか？

「べつにー、こういうところじゃ普通の会話よ。お酒飲んで真面目な話したってしょうがないじゃない。ちなみに、好きな体位は対面座位でーす」

菜々瀬が対面座位で男にしがみついているところを想像すると、またもや股間がふくらみそうになったが、航平は歯を食いしばってこらえた。酔っているのは仕事なのでしかたがないが、このナメきった態度は許せない。なんとか一矢報いることはできないだろうか。

「……くせに」

航平がボソッと言うと、

「えっ？」

菜々瀬は耳に手をあてて、こちらに寄りかかってきた。

「いまなんて言ったの？　声が小さくて聞こえなかった」

どうでもいいが、腕に乳房があたっていた。見た目からして豊満な巨乳が、むぎゅっと……。

「ホントは真面目なくせに……」

航平は負けずに言い放った。

「朝は新聞配達、昼は保険勧誘員、で、夜はスナックのホステスですか。三つも仕事を掛け持ちしてるなんて、すごい働き者じゃないですか」

菜々瀬の顔色が変わった。可愛い顔から笑みがすっと消えて、グラスに残っていたビールを一気に飲んだ。断りもなくビールを追加注文し、それが届くと、これ見よがしに深い溜息をついてから飲んだ。航平の腕に、巨乳はもうあたっていなかった。

地雷を踏んでしまったらしい。

人間、生きていれば金に困ることもあるだろう。しかしそれは、誰にとってもプライベート中のプライベートであり、人に知られて嬉しいわけはない。ましてや、女でありながら新聞配達までしているなんて……。

自分はなんて無神経なのだろうと航平は反省した。菜々瀬は二杯目のビールもあっという間に飲み干して三杯目の追加注文をしたが、文句を言う気にはなれなかった。

3

航平がスナックに入ったのは、午後九時くらいだったはずだ。

鳥の巣頭のママが予言したように、一時間もすると雨はあがったようで、それを待っていたらしき客は次々と店を出ていった。

もちろん、航平も帰ろうとした。帰れなかったのは、お勘定お願いしますといくら菜々瀬に言っても無視されたからだ。ママに声をかけようとすれば、足を踏まれたり、抱きつかれたりして、阻止された。トイレに行くときまでついてきて、扉の外でおしぼりを持って待っていた。

「いい加減にしてくださいよ。僕、明日も会社なんですよ。もう帰って風呂入って寝ないと……」

菜々瀬は許してくれなかった。

「わたしを残して、ひとりで帰るんだ？　わたしはこのまま寝ないで新聞配達なのに？　会社があるからって帰っちゃうんだ？」

ひどく哀しげに、眼に涙まで浮かべて言われると、航平は黙るしかなかった。

そうこうするうちに、時刻は午前零時をまわった。閉店時刻らしく、ホステスたちがひとり、ふたり、といなくなり、最終的にはママまでが、

「戸締まりだけはしっかりお願いね」

と菜々瀬に鍵《かぎ》を渡して帰っていった。

店にはもう、航平と菜々瀬しかない。

可愛い顔してわがままで意地悪な女だと、航平の菜々瀬に対する評価は下降していくばかりだったが、その一方で満足もしていた。菜々瀬がしつこく隣に居座り、容赦なくボディタッチを繰り返すので、なんとなく女と並んで座ることに慣れてきたのである。酒に酔っているせいもあるのだろうが、悪くない気分だった。

わがままで意地悪でも、菜々瀬は可愛いし、ボディはパッツンパッツン。巨乳だけではなく、太腿が触れてもヒップが触れても、ドキドキするほどグラマーなのだ。いやらしいことを想像して勃起してしまうことだけは絶対に避けなければならなかったが、三千円プラスアルファでこれほど女体に触れられるのなら、あんがい安いのかもしれないとさえ思った。

「いったいどういうつもりなの？」

ふたりきりになると、菜々瀬が据《す》わった眼を向けてきた。ずいぶん前から、ビールではなくウイスキーのオン・ザ・ロックを飲んでいた。

「この前おうちに行ったときは、わたしの脚を見ているだけで勃起したくせに、今日は全然ノーリアクションじゃないの？」

視線が顔から股間へと、ゆっくりと移動していく。

「いっ、いやあ……」

航平は顔を思いきりこわばらせた。

「あのときは、マジで生理現象だったんですよ。寝起きだったし……」

「本当？」

「嘘じゃないです」

「……傷ついた」

「えっ？」

「わたしに興奮してくれたなら嬉しかったけど……わたしもまだまだ捨てたもんじゃないって、ちょっとニヤニヤしちゃったけど……生理現象かあ、なあんだ……」

菜々瀬が哀しそうに溜息をついたので、

「いやいやいや……」

航平はあわててフォローした。

「生理現象は生理現象ですけど、森野さんは素敵な女性ですよ」

「菜々瀬って呼んで」

「……なっ、菜々瀬さんは素敵です」

「本当？」

菜々瀬の左手が、航平の右の太腿に置かれた。小指のほうが、股間にじりじり迫ってくる。直接触れられなくても、太腿を撫でられていると、ペニスが甘く疼《うず》きだす。

「やっ、やめてくださいっ……」

拒もうとしても菜々瀬は涼しい顔だし、航平はコーナーに押しこまれているから、逃げることもできない。

「仕事を三つも掛け持ちしているのはね、夫の借金が原因なの……」

菜々瀬は長い溜息をつくように言った。

「投資で失敗したんだけど、それはいいのよ。絶対確実に儲かる投資なんてあるわけないし、うまくいってるときはわたしもいい思いさせてもらったしね……でもね、わたし知ってるんだ。借金の半分くらいは投資じゃなくて、女に貢《みつ》いでたって……若い女と浮気してたの……二十歳そこそこの女子大生、顔がお人形みたいにちっちゃくて可愛いの……」

航平の呼吸はとまっていた。菜々瀬は身の上話をしながら、航平の股間をまさぐってきた。器用さに呆れてしまった。センチな横顔を見せながら、一方でまだ柔らかいペニスをズボンの上からもみもみするなんて……。

「わたしはつまり、サレ妻ね。浮気されちゃった妻。でもいいんだ。夫もいまは反省して、一生懸命働いてるし……仕事を三つも掛け持ちしているわたしに、ごめんね、ありがとう、って毎日言ってくれるし……それでも、心に傷は残るわよね……残るに決まってるじゃないっ……そう思わない？」

航平は言葉を返せなかった。どういう顔をしていいかさえわからなかった。サレ妻の悲哀などどうでもよく、ピンクドレスの人妻ホステスに股間をまさぐられ、ペニスはすでに、痛いくらいに勃起していた。

「だからわたしも、浮気してやることにしたの。スナックで働くの、夫は大反対だったのよ。水商売だけは勘弁してくれって……でもわたしは、時給がいいからって押しきった。本当は時給なんてどうだってよかった。こういうお店で働けば、浮気のチャンスがあるかもしれないって期待してて……」

カチャカチャと音がした。ベルトをはずす音だった。

「まっ、まさか……」

航平は上ずった声をあげた。

「浮気の相手を……僕に……」

「いやなの？」

すがるような上目遣《うわめづか》いで見つめられた。アラサーにもかかわらず、菜々瀬が可愛く見える理由がわかった。若い女の多くはブリッ子を嫌悪しているか、照れながらかわいこぶるものだが、振りきった大人の女は全力でやりきるのだ。瞳をうるうるさせながら、困ったような、哀しそうな顔で見つめてくる。

わざとであろうがなかろうが、そういう表情に男は弱い。しかも、アラサーともなれば、ブリッ子をしながら手指をいやらしく動かせる。長い睫毛《まつげ》をふるふる揺らしつつ、ズボンのボタンをはずし、ファスナーをさげて、ブリーフごとズボンをめくりおろしてくる。

気がつけば、勃起したペニスがさらけだされていた。自分でも呆れるほどの反《そ》り具合で下腹にぴったりと張りつき、裏側をすべて見せつけて……。

「浮気の相手、してくれる？」

いまにも泣きだしそうな顔で航平の眼をのぞきこみながら、裏筋に触れた。顎の下をくすぐるように、亀頭の裏側をコチョコチョしてきた。

「うううっ！」

航平は真っ赤になって身をよじった。いまくすぐられたのは、自分以外の手で触れられたことのない、清らかな童貞のペニスだった。ほんの軽い刺激でさえ、気が遠くなりそうな快感が押し寄せてくる。

「エッチ、しちゃう？」

いやらしすぎるウィスパーボイスでささやかれ、航平は首を縦に振った。ヘッドバンキングをするように、何度も何度も……もはや思考回路はショートしていた。セックスをすれば、いま裏筋をコチョコチョされたより何十倍も気持ちがよくなれるのだ。

ここがスナックとか、相手がホステスとか、言っていられない。

「でもね、こう見えてわたし、プライドが高いの……高校生のときとか、クラスで好きな女の子の人気投票とかしなかった？」

航平は曖昧にうなずいた。航平の通っていた高校は男子校だったが、話の腰を折る勇気はなかった。

「あれでね、わたしはいつも二番だったの。中学でも高校でも……どうしても一番にはなれなかったんだけど、二番には二番のプライドがあるのよ。後ろに二十人くらいいるっていう……」

悔しげに言いながらペニスをぎゅっと握ってきたので、航平はもう少しで叫び声をあげてしまうところだった。

「だからいままで、自分から誘ったことなんてないの。いつだって、男の人から誘われてたの。わかるよね、航平くん。エッチしたいなら、きちんと誘って。わたしとエッチしたいって口に出して言って」

ペニスを包んでいる菜々瀬の手指は、ぎゅっと握っては力を抜き、力を抜いてはぎゅっと握ってくる。言葉を発したくてもその刺激に翻弄《ほんろう》され、航平はあわあわと口を動かすばかりだ。

「なによ？　言えないの」

「エッ……エッチしたいですっ……」

航平は絞りだすような声で言った。

「誰と？」

「なっ、菜々瀬さん」

「ブサイクなおばさん？」

「とっても綺麗で魅力的な菜々瀬さん」

「嘘じゃないわね」

「菜々瀬さんを一番にしなかったクラスメイトを殴ってやりたい」

「ふふっ」

菜々瀬は満足げな笑みをもらすと、両手で航平の顔を挟んできた。息のかかる距離でまじまじと見つめられ、航平の心臓は口から飛びだしそうになった。

「……ぅんっ！」

唇を重ねられた。自慢ではないが、キスをしたのも初めてだった。菜々瀬の唇はふっくらと柔らかく、夢見心地の気分になったが、すぐに口の間からヌルリと舌が差しだされた。こちらの口内に侵入してくると、舌と舌をねちっこくからませてきた。

「舌を出してよ」

ささやかれ、言う通りにした。ダラリと伸ばした舌を吸われた。顔の外側でねちゃねちゃと舌をからめあい、舌を離すと唾液がねっとりと糸を引いた。

「むむっ……むむっ……」

興奮しきった航平は、自分からもう一度キスをしようとしたが、

「あわてないの」

菜々瀬は悪戯《いたずら》っぽく笑いながら、航平の服を脱がしてきた。スーツの上着、ネクタイ、ワイシャツ……立たされて、ズボンとブリーフも脚から抜かれてしまう。

4

スナックの店内で、自分ひとり全裸にされた衝撃は大きかった。

そもそも異性に裸を見られるという状況が初めてなので、心細くて泣きそうな気分

になってくる。

一方の菜々瀬はニヤニヤ笑っていた。可愛い彼女に笑顔はよく似合うが、いま浮かべている笑顔は明るくもなければ親和的でもなく、ただただ卑猥だった。潤んだ眼を意味ありげに細めて、唇の内側を舌でなぞっている。

「エッチな気分になってきた？」

菜々瀬にささやかれても、航平は言葉を返せなかった。興奮はしていた。その証拠に勃起はおさまる気配がなく、鈴口から大量の我慢汁を噴きこぼしていたけれど、不安も大きい。

本当にこれから、セックスをするのだろうか。二十四年間付き合ってきた童貞に別れを告げ、大人の男になれるのか。

菜々瀬が抱きついてきた。立ったままキスを交わしたが、先ほどよりずっと軽い感じだった。菜々瀬の口はすぐに航平の口から首筋に移動し、チュッ、チュッ、と音をたてながらキスの雨を降らしてきた。耳や肩を経由し、乳首にまでキスされた。

「ううう っ……」

思わず声がもれてしまう。菜々瀬がキスをするだけではなく、乳首を吸ってきたからである。さらに、舐《な》められた。ペロペロと舌を動かされると、股間で反り返っているペニスが釣りあげられたばかりの魚のように跳ねた。男の乳首も性感帯であることを、航平はこのとき、初めて知った。

「すごーい、元気……」

菜々瀬が乳首を舐めながら、ペニスを手指で包んだ。触れ方が、先ほどまでとはまったく違った。手筒のサイズに余裕をもたせ、触るか触らないかぎりぎりの感じで、動かしてくる。しごかれているというにはあまりにも弱々しい刺激であり、弱々しいがゆえにペニスがどんどんと敏感になっていくようだ。

「あっ、あのう……」

上ずった声をあげた。

「たっ、立っているのがつらいんですけども……」

体中の血液がペニスに集中しているようで、いまにも眩暈を起こしそうだ。

「やだ、それがいいんじゃない」

菜々瀬は口許《もと》だけに淫靡《いんび》な笑みを浮かべた。

「立ってられない、くらくらした感じが気持ちいいのよ。わたしも立ったままクンニされるとくらくらする」

なんというスケベな女なのだ、と航平は菜々瀬を軽蔑しそうになった。仁王《におう》立ちフエラなら聞いたことがあるが、仁王立ちクンニなんて聞いたことがない。ただし、彼女は人妻だった。可愛い顔をしていても、童貞の航平が想像もつかないくらい、いやらしい経験を積みあげているということか。

菜々瀬が足元にしゃがみこんだ。彼女の顔の正面は、恥ずかしいほど反り返った生《なま》っ白《ちろ》いペニス……。

「色は子供っぽいけど、サイズは立派ね」

肉竿《にくざお》に視線をからませながらささやいたので、航平は内心で安堵の溜息をもらした。男なら誰だって、小さいと思われたらどうしようという不安があるものだ。ましてや童貞なら、なおさらである。

だが、ホッとしたのも束《つか》の間《ま》、菜々瀬が根元を支え持ったので、航平はまばたきも呼吸もできなくなった。菜々瀬はピンク色の舌を差しだすと、先端を卑猥なくらい尖《とが》らせて、鈴口をちょんと突いた。大量に噴きこぼれている我慢汁が、光沢を帯びた糸となる。菜々瀬はそれを航平に見せつけ、上目遣いでニヤニヤ笑う。

「おいしいよ……」

ささやきながら、ペロペロ、ペロペロ、と亀頭を舐めてきた。

「航平くんのオチンチン、とってもおいしい……」

「ううう っ……くううう っ……」

航平は首に何本も筋を浮かべ、腰を反らせた。鏡を見ればきっと、真っ赤に茹《ゆ》だった自分の顔と対面できただろう。

生温かい舌の感触が、この世のものとは思えないほどいやらしかった。動き方といい、唾液でヌルヌルとすべるところといい、これほど卑猥な器官が顔の中に存在していいのだろうかと思った。

菜々瀬は亀頭だけではなく、ペニスの裏側を、ツツーッ、ツツーッ、と舐めあげてきた。そうしておいて、裏筋を舌先でコチョコチョとくすぐってくる。航平はたまらず身をよじったが、人妻ホステスの口腔愛撫はまだ始まったばかりだった。

「……うんあっ！」

菜々瀬は唇をOの字にひろげると、亀頭をぱっくりと咥《くわ》えこんだ。唾液にまみれた口内粘膜に包みこまれた瞬間、航平は意識が飛びそうになった。眩暈でくらくらするどころではない。頭の中が真っ白になって、体中が小刻みに震えだした。いちばん顕《けん》著《ちょ》だったのが両膝で、情けないほどガクガク震えていた。

「気持ちいい？」

菜々瀬が上目遣いで訊ねてくる。訊ねながらも、唾液にまみれた肉棒をしたたかにしごいてくる。航平が言葉を返せずにいると、再びぱっくりと咥えこんだ。今度は頭を前後に振り、唇をスライドさせてきた。

「おおおおっ……」

航平はもう、声をこらえきれなかった。

「きっ、気持ちいいですっ……菜々瀬さんのフェラ、とっても気持ちがいいですうっ……」

叫ぶように言うと、菜々瀬も満更ではないようで、愛撫のギアが一段あがった。唇をスライドさせながら根元を指でしごいてきたと思うと、その指が玉袋のほうにさがってきて、睾丸《こうがん》をあやすように揉みしだかれた。さらに、口の中でもいやらしく舌が動きだし、敏感なカリのくびれを舐められる。

たまらなかった。あまりの快感に航平は泣きそうになり、だがもちろん、男のくせに涙を見せることなんてできるはずがなく、血が出るくらい唇を嚙《か》みしめて泣くのをこらえた。

それでも、押し寄せてくる快楽の波は想像を絶していて、両膝が震えるどころか、体中が揺れていた。平衡感覚が完全におかしくなっていて、嵐の中で船のデッキに立っているようだった。

長くは耐えられず、尻餅をつくように後ろのソファに座る格好になった。ハアハアと呼吸を乱している航平を、立ちあがった菜々瀬が見下ろしていた。もう笑っていなかった。せつなげに眉根を寄せたセクシーすぎる表情で、両手を首の後ろにまわし、ドレスのホックをはずした。

ピンク色の生地がめくれ、いきなり真っ白い巨乳が姿を現した。露出過多のドレスだから、ブラジャーを着けていなかったらしい。菜々瀬は腰をくねらせてドレスを脚から抜いた。黒いレースのパンティが、股間にぴっちりと食いこんでいた。その上に、ナチュラルカラーのパンティストッキングを穿いている。

「……ふうん」

菜々瀬が濡れた瞳で航平の顔をのぞきこんできた。

「ストッキングで興奮するんだ？」

どうしてわかったのだ？　と航平は眼を丸くした。たしかに、ドレスの下から現れたパンストはいやらしかった。髪型もメイクもドレスもキメキメなのに、パンストだけが妙に生活感が漂っているところがエロいのだ。

「いるよねー、男の人の中にはストッキングが大好きな人。ブサイクだからこっちとしてはさっさと脱ぎたいのに、脱がないでーなんて言ったりして」

「ぼっ、僕はそんなことひと言も……」

「言わなくたって顔に書いてあるわよ」

菜々瀬はハイヒールを脱いで、ソファにあがってきた。座ったのではない。航平の両脚を挟むようにして、ソファの上に立ったのだ。

必然的に、航平の顔の正面には彼女の股間が迫ることになる。黒いレースのパンティとストッキングに飾られ、匂いたつような色香を振りまく人妻の股間が……。

まさか……。

これが仁王立ちクンニ……。

怯えている航平の頭を、菜々瀬が両手でつかんだ。予想は的中したらしく、頭をぐっと引き寄せられ、顔面に股間が密着した。ざらついたナイロンで鼻の頭を撫でられ、それに包まれたこんもりと小高い丘の形状が伝わってくる。

「んああっ……」

菜々瀬は悩ましい声をもらして、股間を顔面にこすりつけてきた。なんていうことをするのだと、航平は仰天した。しかし、抵抗はできない。顔面に伝わってくる女の股間の形状がいやらしすぎて、もっとこすりつけてほしいとさえ思う。さらにその奥からは、妖《あや》しい熱気とともにいやらしい匂いが……。

「怒んないのね？」

菜々瀬がささやく。

「こんなことされたら、男の人はたいてい怒ると思うけど」

「怒らないです」

航平はきっぱりと言い放った。

「僕も舐めてもらったので、お返しをするのは当然かと……」

「ふふっ、いいところあるのね。好きになっちゃいそう」

菜々瀬は航平の顔から少し股間を離した。ガニ股で立っているから、その姿だけでも身震いを誘うほどいやらしかったが、彼女はビリビリッと音をたててストッキングを破った。股間のところだ。さらにパンティのフロント部分に指を引っかけ、片側に寄せていく。驚くほど黒々とした剛毛が現れ、その下にアーモンドピンクの花びらがチラリと見える。

「それじゃあ、お返しして」

ガニ股で股間を出張らせてくる菜々瀬の姿は、啞然とするほど猥褻《わいせつ》感をまとっていた。自分は座っているにもかかわらず、航平は眩暈を起こしてしまいそうだったが、ぼんやりしているわけにはいかなかった。

「失礼します」

剛毛に隠されてよく見えない女の花に、舌を伸ばしていった。パンティから解放されたことで、先ほどよりも強烈に発情のフェロモンが漂ってきた。いままで嗅いだことのあるどんな匂いにも似ていなかった。とりたてていい匂いでもないのだが、本能が揺さぶられてしかたがない。

ねろり、と花びらを舐めると、

「んんんっ……」

菜々瀬は軽く腰をひねった。上目遣いで見上げると、鼻の下を伸ばして半開きの唇をわななかせていた。正視してはいけないようなエロすぎる顔をしていたので、航平はあわてて舌を使うことに集中した。

5

人生で初めて舐めた女の花びらは貝肉のような感触がした。

発情のフェロモンがどことなく磯《いそ》の香りを彷彿《ほうふつ》とさせるからそう思ってしまったのかもしれないが、貝肉とは違って生温かいし、舐めると蜜があふれてきた。

「ああっ、いいっ……とってもいいっ……」

菜々瀬が頭をつかんでぐりぐりと股間を押しつけてくる。おかげで全貌をうかがえないのが残念だったが、航平はたしかにいま、女の性感帯を舐めているのだった。蜜があふれてくるだけではなく、菜々瀬が興奮しているのがわかる。両脚がぶるぶる震えているし、舌のあたりどころによってはビクンッと腰が跳ねる。

「くらくらする……気持ちがよくってくらくらする……」

航平も先ほど味わった、眩暈にも似た陶酔感だろう。要するに、感じているのだ。そのことが、航平をひときわ興奮させた。女が興奮すると男も興奮するというセックスにおける真理をひとつ、学んだ気分だった。

どうせなら、もっと気持ちよくさせてあげたかったが、なにしろ童貞なので、テクニックなど皆無に等しい。顔中を発情の蜜にまみれさせ、闇雲に舌を動かすことしかできない。

すると菜々瀬は、

「ああっ、もう我慢できないっ！」

叫ぶように言うと、そのまま腰を落としてきた。その流れは、ある程度想像がついた。彼女が先ほど、好きな体位は対面座位だと言っていたからだ。

「ねえ、いい？　もう入れてもいい？」

菜々瀬は股間の下でもぞもぞと手を動かし、ペニスをつかみながら言った。疑問形で訊ねてきたが、こちらの答えなどどうでもいいようで、濡れた花園にペニスの先端を導いていく。

「欲しくなっちゃったの……もう我慢できないの……」

濡れた瞳で航平を見つめつつ、自分勝手に言葉を継ぐ菜々瀬は、異様にいやらしく、可愛らしくもあった。本当にペニスが欲しいのだな、と思った。対象がなんであれ、自分の欲望に正直な人間は可愛く見えるものだ。

童貞ゆえだろう。航平はいままで、女の性欲に懐疑的だった。アイドルがトイレに行かないとまでは思っていないが、セックスがしたくてしたくてしようがない女なんていないのではないかとは思っていた。

しかし、いた。

目の前のアラサー妻は、本気でセックスをしたがっていた。濡れた肉穴にペニスを咥えこみたくて、切羽つまっているようだった。

「あああっ……」

上ずった声をもらし、菜々瀬が腰を落としてくる。ずぶっ、と亀頭が割れ目に入った感触がした。あっという間だった。童貞を喪失した実感を嚙みしめる間もなく、ずぶずぶと奥まで咥えこまれていった。

「んんんっ……」

菜々瀬の動きがとまった。腰を最後まで落としきると、なにかをこらえるように体中をわなわなと震わせた。その両手は、航平の首にまわっていた。しかし、対面座位で体を航平の腰に乗せているから、顔の位置は高い。航平の目の前にあるのは、びっくりするほど迫力のある巨乳だ。

「やっ、やっぱり、立派なサイズねっ……かっ、硬いしっ……」

絞りだすような声で、菜々瀬が言った。先ほどまで口に咥えていたのに、なぜあらためて言うのだろう。つまり彼女がいま嚙みしめているのは、ペニスのサイズや硬度というより、ハメ心地——なんてスケベな女なのだと、航平の顔は熱くなった。

「いやっ、なんか、わたしっ……乱れちゃいそうっ……」

菜々瀬はゆっくりと腰を動かしはじめた。ほんの少し動いただけで、性器と性器がこすれる音が肉穴の中でずちゅっと響いた。

「ああああっ……」

声を淫らに歪ませて、菜々瀬が腰の動きに熱をこめていく。動きはゆっくりだったが、クイッ、クイッ、と一回一回しっかりと股間をしゃくる。途轍《とてつ》もなくいやらしい腰使いだった。しかも、徐々にではあるが、ピッチもあがっていく。

航平はじっとしていられなくなった。勃起したペニスをヌメヌメした肉穴でこすりたてられる快感は、想像を超えていた。気持ちよかった。これがセックスかと衝撃を受けた。黙ってその快感に身をまかせていると、暴発してしまうかもしれない不安があった。

「ああんっ、いやんっ！」

目の前でタプタプ揺れている豊満な双乳を裾野《すその》からすくいあげると、菜々瀬が声を跳ねあげた。

「おっぱい感じるのっ……わたし、入れてるとき乳首とか触られると、すごい乱れちゃうのっ……」

ならば、と航平は乳首に吸いついた。全体が丸々としているのに、乳首のサイズは小さめなのが可愛かった。しかし、感度には可愛らしさの欠片《かけら》もなかった。チューッと音をたてて吸った瞬間、菜々瀬はしたたかにのけぞった。

「ああんっ！　いいっ！　気持ちいいっ！」

勢いで後ろに倒れてしまいそうだったので、航平はあわてて彼女の腰を抱きしめた。

そうすると、セックスしている実感が強まった。元より菜々瀬はこちらの首根っこにしがみついているので、抱きあっている格好だ。

両手が塞がってしまったので巨乳を揉みしだくことができなくなったのは残念だが、乳首は吸える。左右の突起を代わるがわる口に含んで、音をたてて吸いたててやる。興奮した菜々瀬が時折ぎゅっと抱きしめてくると、顔面が胸の谷間に埋まった。それもまた、たまらなく気持ちいい。頬で感じる乳肉は、とても柔らかくて搗《つ》きたての餅のようだ。

「むうっ！　むううっ！」

菜々瀬の動くリズムに合わせて声をもらしている航平は、正気を失いそうなほど興奮していた。老いも若きもセックスに夢中になっている理由が、ようやくわかった。ちょっぴりコミュ障気味だからといって、いままでセックスを遠ざけていた自分を殴ってやりたかった。

こんな気持ちのいいことを、なぜやらなかったのだろう。やろうとさえしなかった意味がわからない。

しかし、夢中になるあまり、ゴールが近づいてきてしまった。童貞の航平に、射精のタイミングをコントロールする術《すべ》などなかった。

「ダッ、ダメッ……ダメですっ！」

切羽つまった声をあげた。

「でっ、出るっ！　もう出ちゃうっ！　出ちゃいますっ！」

「我慢できない？」

菜々瀬が股間をしゃくりながら訊ねてきたが、

「できませんっ！」

航平は泣きそうな顔で答えるしかなかった。

そこからの菜々瀬の動きは俊敏だった。片脚をあげてペニスを抜いたと思うと、すかさず足元にしゃがみこみ、発情の蜜でネトネトになったペニスをしごいてきた。自分の味がするのも厭わず、ぱっくりと口唇に咥えこんでしゃぶりまわした。

「ぬおおおおおおーっ！」

航平は声をあげてのけぞった。下の口との一体感も捨てがたいが、単純な刺激だけなら上の口のほうが強烈な気がした。

「うんぐっ！　うんぐっ！」

菜々瀬が唇をスライドさせはじめると、下半身で爆発が起こった。航平は雄叫《おたけ》びをあげて、熱い粘液を放出した。ぎゅっと眼をつぶると瞼《まぶた》の裏に喜悦の熱い涙があふれた。ドクンッドクンッドクンッと射精するたびに意識が遠のいていき、やがてそのまま気を失ってしまった。

第二章　家出妻の超絶テク

1

二十四歳にして初めて経験したセックスは素晴らしいものだった。

勃起したペニスに指で触れられたときの衝撃、フェラチオの途轍もない快感、対面座位で抱きあった女体の柔らかさ、そして最後の口内射精――すべてが想像を超えた、めくるめく体験だったと言っていい。

ただ、もう一度したい、とは思わなかった。いや、したいことはしたいのだが、航平にとっての初体験は、セックスの素晴らしさと同時に、女の怖さも思い知らされるものだった。

菜々瀬は怖い女だった。

年上でも顔は可愛いし、スタイルだってグラマーだが、彼女が内に秘めている性欲が怖かった。あえぎ方が、まるで獣《けもの》だった。もちろん、人間だって獣の一種だし、航平にしたっておかしな声をあげたり、滑稽な顔をして射精をしていたに違いないが、女はギャップがすごすぎる。

「また遊びにきてね」

と菜々瀬には別れ際に言われたけれど、とてもあのスナックに足を運ぶ気にはなれなかった。もう一度、菜々瀬に会うのが恥ずかしく、ひどく緊張してしまいそうで、そんなことくらいなら、あの夜のことを思いだしてオナニーしていたほうがずっとマシだった。あれから航平は、いままで三日に一回のペースだったオナニーを、毎日するようになっていた。菜々瀬の生温かい口の中で発射したときのことを思いだすと、続けざまにしごいてしまうことすらあった。

そんなある日のことである。

航平は思いがけず、街中で時間をもてあますことになった。午後四時から取引会社と打ち合わせ、その後会食という予定だったのだが、先方の都合で直前になってキャンセルされてしまったのだ。

「マジかよ。今日はもう直帰な」

一緒にいた先輩がそう言い残してどこかに消えてしまい、航平はひとり取り残された。自宅に帰るには、まだ時間が早すぎる。繁華街が眼と鼻の先にあったので、食事をして帰りたかったが、それにしたってまだお腹があまりへっていない。スマホで調べてみると、近くに評判のいい魚介豚骨ラーメンの店があったが、営業時間が午後五時からだった。

漫画喫茶で時間を潰すことにした。

眼についた店に入っていくと、個室はいっぱいです、と言われた。カウンター席なら空いているらしいが、航平は少し迷った。漫画喫茶というのは、あの狭苦しい個室にこもれるところがいいのだ。カウンター席なんて落ちつかなさそうだが、かといって別の漫画喫茶にあてがあるわけではない。探せばあるだろうが、ラーメン屋が営業開始するまで小一時間やり過ごせればいいだけなのである。カウンターで我慢しようと、その店に入ることにした。

それほど大きな店ではなかったこともあり、カウンター席もひとつしか空いていなかった。角の席だったのはラッキーだった。しかし、隣は女——後ろ姿しか見えなかったけれど、栗色に染めたセミロングの髪が綺麗だった。ほのかに香水のいい匂いもする。漫画オタクではなく、女らしい女の可能性が高い。

いままでの航平なら……。

まわれ右をして店を出たに違いない。カウンター席には我慢できても、隣が女では落ちついて漫画も読めない。

しかし、ビクビクと怯えながらも、航平はその席に腰をおろした。童貞を失ったことで、「隣の女恐怖症」から脱却できた気がしたからだ。いや、脱却したいという希望に向けて、ここはひとつ勇気を振り絞ってみようと思った。

女がこちらに背中を向けて漫画を読んでいたせいもあり、余裕だった。

やはり先日のスナックでの荒療治が効いたのかもしれない。人に自慢できる初体験ではなかったけれど、いままでだったら女が隣にいるだけでそわそわして、額に脂汗《あぶら》が浮かんできたのに、鼻歌でも歌いだしたい気分である。

隣の女は『頭文字D《イニシャル》』のコミックスを積みあげていた。航平も大好きな漫画だった。『頭文字D』がきっかけでクルマを好きになったと言っても過言ではなく、いまは実家の車やレンタカーを運転しているが、将来的にはマイカー購入も考えている。そのために社会人になってからコツコツ貯金を続け、そろそろ頭金が貯まりそうなのだ。

憧れは白と黒のパンダトレノだが、その手の旧車は人気が高い。中古でも二百万以上する。おまけに装備が古すぎる。とはいえ、ドリフトをするためにはFR車であることが絶対であり、昨今流行《はや》りの太った豚みたいなSUVなんて大嫌いなので、新型の86《ハチロク》かロードスターを狙っている。

「……なんや？」

隣の女が振り返ったので、ビクッとした。

「なにジロジロ見とんねん？」

航平は言葉を返せず、顔をこわばらせた。女はびっくりするような美人だった。年は航平より二、三歳上だろうか。小顔で眼鼻立ちが整っていたが、眼光が鋭かった。元ヤンなのではないかと疑いたくなる迫力で、『頭文字D』の登場人物で言えば、シルエイティのナビシートに乗っている沙雪《さゆき》ちゃんに似ていた。

おまけに関西弁。関東で生まれ育った航平には、関西弁に対する気後《きおく》れがある。はっきり言って怖い。あれは喧嘩をするために存在するような言葉だと思う。

「すっ、すいません……僕もその漫画が大好きなもので……」

積みあげられた『頭文字D』を指差して言った。

「ほうか？　あんまおもろないやん。やっぱ公道爆走するなら、ハコの四輪じゃなくて、バイクやないの」

「オッ、オートバイ派なんですね……」

「そやねん。これでも昔は、けっこうヤンチャやっててん」

女はスマホを操作して画像を見せてきた。純白の特攻服を着た彼女が、Ｚ２のリアシートにまたがって中指を立てていた。前でハンドルを握っている男も揃いの特攻服姿で、昭和のプロレスラーのようなパンチパーマにゴンタ顔だ。本物である。

「そんなにビビらんといて。昔の話やし。もう十年以上前や……」

三日月のように眼を細めて笑いかけられても、航平はとても笑顔を返せなかった。画像からはたしかに時間が経っているのだろう。眼光こそ鋭いものの、目の前の彼女はヤンキーめいた格好はしていなかった。マリンボーダーのニットに、ベージュのコットンパンツ――見るからにファストファッションだった。倹約家の主婦みたいだなと思って左手の薬指を確認すると、銀色の指輪が光っていた。

いや、そんなことはどうでもいいことだった。とにかく、この人に関わってはいけない。一刻も早く、ここから逃げだしたほうがいい。

「お疲れっした」

立ちあがって出口に向かおうとすると、上着の裾をつかまれた。

「なんやねん？　人が恥ずかしい写真まで見せて仲よくなろうとしてるのに、その冷たい態度はどういうことや？」

「……仲よくなってどうするんですか？」

「うち、東京初めてなんや。右も左もわからへんのや。ここで会ったのもなにかの縁やろから、案内したって」

「いっ、いやあ……」

航平は苦りきった顔になった。

「申し訳ありませんが、こう見えて暇じゃないんですよ、ええ……」

「嘘言いなや。マンキツで時間潰しとるくせに、忙しいわけないやろ。ドブに捨ててもいいくらい、時間余っとるんちゃうん？」

女が立ちあがり、航平が後退《あとずさ》ると、

「すいませんが……」

困惑顔の店員が小走りで近づいてきた。

「静かにしていただかないと、他のお客さまに迷惑ですから……」

もっともな話だった。漫画喫茶は黙って漫画を読むところで、口論してはいけない。逆ナンパもしてはいけないと思うのだが……。

2

気まずくなって漫画喫茶を出た。

女も一緒だった。穂乃香《ほのか》と名乗った。名前は可愛いんだなと思った。

「あんたのせいで店にいられなくなったんやから、ごはんくらいご馳走したってな」

自分のせいではないと思うが、拒否できなかった。航平は一時間のコースで入店していたが、彼女は六時間の長時間パックだった。四時間以上残して店を出た。罪悪感がないわけではなかったので、食事をご馳走するしかなさそうだった。

「ラーメンでいいですか？」

繁華街を歩きながら言った。

「この近くに、ネットで評判の魚介豚骨ラーメンの店がありますから」

「いやや」

穂乃香は被せ気味に答えた。

「東京名物のもんじゃ焼きがええ。うち食べたことないねん」

「いっ、いやあ……」

航平は弱りきった顔になった。関西人ともんじゃ焼きは、水と油である。もんじゃ焼きを食べさせると、関西人は絶対に不機嫌になり、お好み焼きがいかに素晴らしいかを語りだす。

だが、それも当然なのだ。もんじゃ焼きは戦後の焼け跡時代、キャベツと少しの小麦粉だけでなんとかつくりあげた貧乏料理がルーツなのだ。それゆえソウルフードでもあるわけだが、焼け跡で空腹に苦しんでいた人だって、できることなら具だくさんで小麦粉もたっぷり使ったお好み焼きが食べたかったに違いない。

それでも穂乃香が譲らなかったので、近くにないかネット検索して、しかたなくもんじゃ焼き屋に入った。航平は小学生時代、近所の駄菓子屋でもんじゃ焼きを食べるのが至福の時間だった。もんじゃ焼きをおいしくつくるコツは、ヘラで野菜をよく切ることと、火が通ってきたらしつこく練《こね》ることだ。

航平はその作業に没頭し、ソースの焦げる匂いに生唾《つば》を呑みこんだが、完成したもんじゃ焼きはどう見てもお好み焼きの出来損ないで、穂乃香のほうに眼を向けるのが怖かった。

「まあまあおいしいんちゃう」

穂乃香はひと口食べて眼を泳がせた。言葉と表情が一致していなかった。口の中のものを流しこむようにレモンサワーをごくごく飲み、即刻おかわりした。口に合っていないのはあきらかだったが、ムキになって全否定してこなかったので、やさしいところがあるのかもしれないと思った。

「でもまあ、やっぱり粉もんは関西やな。安いしな。西成《にしなり》の百円お好み、あんたに食べさせてあげたいわ」

「はあ……機会があれば……」

「東京が嫌いなわけやないで。すれ違う人がみんな綺麗でびっくりしたわ」

「なにしに東京に来たんです？」

穂乃香の顔色が変わった。さっと眼を伏せると、横顔に暗い影が差した。

「……それ、訊《き》くんや？」

「あっ、言いづらいならべつにいいです。ええ、話さなくて全然大丈夫ですから……」

「なんやねん！　訊きたかったら、訊いたらええやん」

「本当に言わなくて大丈夫ですから……」

「家出してきたんや」

穂乃香は遠い眼をして、長い溜息をつくように言った。

「ダンナが浮気してな。さっき写真見せたやろ？ Z2乗ってイキってる。あれうちのダンナやねんけど、キャバクラの小娘に手玉にとられてな……」

店員を呼び、レモンサワーを頼んだ。航平がまだ一杯目を飲んでいるというのに、早くも三杯目に突入だ。

「若い女が好きなんやろな。うちも結婚したとき十七やったし。でも、そっから十年尽くしてきたんやで。ひどいと思わへん？」

「たっ、たしかに……」

「百歩譲ってや。浮気するならしたってええ。Z2もスクーターに乗り換えて、仕事ひと筋で頑張っとる真面目な男やからな。息抜きにちょっとワルサしたってええけど、せめてバレないようにできんのかいって話や。女ができた途端、朝から晩までニッコニコってどういうことやねん？ 裏切っとんのがダダ漏《も》れなのに、うちにデートの服選ばせたりするんやで。信じられへんわ、もう」

三杯目のレモンサワーが届くと、穂乃香は片膝を立て、肩を入れたヤカラのような姿勢で、ジョッキを傾けた。怖すぎる……。

「おっ、お子さんはいらっしゃらないんですか？」

「おらん」

穂乃香は鼻で笑った。

「まあ、ある意味ラッキーやな。子供いたら離婚できへんし」

「離婚するつもりなんですか？」

「当たり前やないか。そこまでナメ腐ったことされて黙ってるほど、うちは甘い女やないで」

「でも、その……せっかく十年も連れ添ってきたわけですし……」

「なんやねん！　なんであんたがあっちの味方すんねん」

「いや、べつに味方とかそういうことでは……争いごとが苦手なだけで……」

「じゃあなにか？　うちが黙って我慢すればええわけか？　あんた、彼女おるん？」

「……いいえ」

「彼女がいたとして、陰でコソコソ別の男とエッチしてたらどう思うねん？」

「哀しいです」

「そやろ？　哀しいし、頭にくるやろ」

「まあ、そうでしょうね……」

「争いごとは苦手とか言うとる場合やないで。うちはもう、家には帰らへん。東京で一から出直しや。まだ二十七やしな。こっちででっかい花咲かせてみせるわ」

「なにかあてがあるんですか？　仕事とか……」

「あんたアホやろ？」

穂乃香は四杯目のレモンサワーを頼んだ。

「取るものも取りあえず鞄ひとつで家出してきて、そんなんあるわけないやん。でもな、こう見えてうち、悪運だけは強いんや。今日かて、友達ひとりできたしな。うち、東京に知りあいなんて誰もいないんやで。物事は0から1にするのが、いっちゃん難しい。それを上京初日で成し遂《と》げたわけやから、ひと月もしたら友達ぎょうさんできて、仕事だってなんとかなってるわ」

今度は航平が遠い眼になる番だった。いつから自分は、彼女の友達になったのだろう。だが穂乃香は、コミュ力は高いようだし、バイタリティもありそうなので、たしかにこういう人なら、殺伐とした東京砂漠でも肩で風を切って生きていけるのではないかと思った。

3

もんじゃ焼き屋ですっかりできあがった穂乃香に引きずられ、その後、居酒屋を二軒はしごした。

そんなふうに女と飲み歩いたのは初めてだった。もんじゃ焼き屋では鉄板を挟んで向かい合っていたし、その後の居酒屋でもテーブル席で相対していた。つまり、隣同士にならなかったので、極端に緊張せずにすんだ。

居酒屋ではカウンター席もあったのに、穂乃香は迷わずテーブル席に座った。向こうは向こうで、隣同士になるのを避けている感じがした。元ヤンは意外に貞操観念が強いのかもしれなかった。言ってみれば硬派なわけだから、馴れなれしいところはあっても、守るべき一線は守るというか……。

しかし、

「うち、今夜の宿決まってないねん。そっちの家泊めて」

と言われたときは、どうしようかと思った。

「でもその、狭いワンルームですし……」

「ええやんけ。うち床で寝たるわ」

「いやいや、そういう問題じゃなくてですね……」

航平は弱りきった顔になった。

見知らぬ女を自宅に泊める——隣に座るどころではない危機的な状況だ。とはいえ、はしご酒をして打ち解けたのも事実であり、冷たく突き離すのはどうかと思った。なにより酔っていたので、コテコテの関西弁の女と口論するのが面倒くさかった。

「なんにもおかまいできませんよ。いいんですね、それでも」

「ええから、ええから」

穂乃香の態度が妙に鷹揚《おうよう》だったので、少し安心した。やはり彼女は硬派なのだ。男の家に泊まるというのに緊張感など皆無であり、ただ単に無料で寝床が確保できたことを喜んでいる雰囲気だった。

だいたい、彼女は人妻にもかかわらず、色気がない気がする。せっかく美人なのに、その美しさがまったくの無用の長物に思えるほど、女らしさが足りない。一緒に飲んでいても、おかしな空気になる気配もなかった。となれば、航平のほうも男友達を泊める感覚で扱ってやればいい。

「うち、先にシャワー浴びさせて」

部屋に到着するなり、穂乃香はそそくさとバスルームに向かった。航平はベッドのシーツを剝《は》がし、新しいものに替えた。さすがに彼女を床に寝かせるわけにはいかないので、ベッドは譲るつもりだった。自分はソファで横になればいい。

ところが……。

バスルームから出てきた穂乃香を見るなり、航平は腰を抜かしそうになるほど仰天した。真っ赤な下着を着けていた。レースとシースルーの生地を使ったエロティックなデザインで、寝巻きと呼ぶにはいやらしすぎる。

「なっ、なんなんですか、その格好……」

「似合うやろ」

「眼のやり場に困りますから、なんか着てください」

航平が背中を向けると、

「なんでやねん」

穂乃香はその背中に身を寄せてきた。

「あんたのために、わざわざ着けたんやで。セクシーやろ」

「セクシーだから困るんですよ」

実際、ファストファッションのパンツスタイルのときとは、別人のように色っぽくなっていた。着痩せするタイプらしく、胸や尻の丸みに度肝《どぎも》を抜かれたし、肌の露出が増えただけではなく、眼つきや雰囲気にも濃厚な色香が漂っている。

「なんでセクシーで困るねん」

穂乃香が前にまわりこんでくる。

「うちかてな、ただで泊めてもらおうとするほど図々しい女やないで。外ではすっかりご馳走になったたし、一宿一飯の恩義はきっちり返したる」

「まっ、まさか体で……」

「なんやの？　なんか文句あるんか？」

刺々《とげとげ》しい言葉遣いとは裏腹に、こちらを見つめてくる穂乃香の瞳はねっとりと濡れていた。振りまく吐息はアルコールのせいで妙に甘ったるく、誘うような半開きの唇に視線が奪われる。

「あんた、手コキ好きやろ？」

一瞬、言葉の意味がわからなかった。

「見るからにモテなそうだし、自分でシコシコやってるちゃうん？　ええ、ええ。皆まで言わんとき。うちが言いたいのはな、自分でする手コキより、女にされる手コキのほうがずーっと気持ちええ、いうこっちゃ。とくにうちのゴールドフィンガーは、控えめに言ってもナニワで一等賞や」

「あの……風俗の方なんですか？」

「ナメとんか。うちは金で股開くような軽い女とちゃう。ダンナが弱いねん。喧嘩十段とか言うとるくせに、夜のほうはからっきしやねん。だからうちがいろいろやって気持ちよくさせてたんや」

穂乃香はバスルームに行くと、洗面器を持って戻ってきた。お湯が張ってあった。穂乃香はそれを床に置いてしゃがみこむと、プラスチックのボトルを取りだし、お湯の中にドボドボと注ぎこんだ。

「なんですか、それ……」

「海草成分一〇〇パーセントのローションや。気持ちええで。これ使ってしごかれると」

洗面器の中で両手をくるくるまわし、チャポチャポチャポと音をたてる。粘り気のあるその音が、妙にいやらしくて航平は生唾を呑みこんだ。

「取るものも取りあえず家出してきたのに、ローションは持ってきたんですか？」

「早速役に立っとるやないか。ほら、さっさと裸になりぃ」

マジかよ、と思いつつも、航平はおずおずと服を脱ぎはじめた。チャポチャポチャポという音がいやらしすぎて、理性が働いてくれなかった。

「……なんや」

全裸になった航平の股間を見るなり、穂乃香は眼の下を赤く染めた。

「まああええもん、持っとるやないか」

航平のペニスは、裏側をすべて見せて反り返っていた。態度や口調は悪くとも、穂乃香は美人だった。その彼女が、真っ赤なセクシーランジェリーに身を包んでいるのだ。酒盛りのときは封印していた色香を全開にして、ローションをチャポチャポチャポ掻《か》き混ぜているのだ。

穂乃香の指示で航平はベッドにバスタオルを敷き、そこに尻をあてがうようにしてあお向けになった。

「いくで……」

左手に洗面器を持った穂乃香は、右手でローションのお湯割りに糸を引かせた。唾液よりも透明感と光沢がある粘液が、ツツーッとペニスにかけられた。少し熱かったので、航平は身をよじった。

「どや？」

ツツーッ、ツツーッ、とローションを垂らしながら、穂乃香が訊ねてくる。

「どやと言われても……」

航平はしどろもどろになるしかなかった。なにしろ初めての経験なので、どこがどう気持ちいいかわからず、戸惑うばかりだ。

「気持ちええやろ？　うちのダンナなんて、こうやってかけたるだけで、ひいひい言いよるで」

「そっ、そうですか……」

「なんやねん、しらけた顔して」

穂乃香は美貌を歪めて眼を吊りあげると、右手でペニスをつかんできた。そちらの手は、ローションをたっぷりまとってヌルヌルの状態だった。しごかれると、ぬんちゃ、ぬんちゃっ、と粘っこい音がした。思いきり握ってきたのではなく、手指とペニスの間にわざと隙間をつくっている。そこにローションが溜まっているから、卑猥なほど音がたつのだ。

「おおおっ……ぬおおおっ……」

航平はさすがに声をもらした。たしかに、自分でしごくのとは全然違った。違うというか、なにかに似ている。この感触は……。

「……オメコみたいやろ？」

穂乃香が耳元でささやいた。いつの間にか、息のかかる距離まで顔を近づけられていた。

「オメコしとるときと、そっくりの感触やあらへん？」

航平は自分の顔が燃えるように熱くなっていくのを感じた。異様なほど興奮してしまったのは、関西弁の卑語をささやかれたからだけではなかった。

傍若無人《ぼうじゃくぶじん》と言ってもいいような穂乃香なのに、「オメコ」とささやくときだけ、ちょっと恥ずかしそうにするからだ。しかも、その感触は本当に女性器と結合したときとそっくりで、航平は唯一の体験を思いだしていた。菜々瀬に対面座位で腰を振られたときのことを……。

「ふふんっ、硬くなってきたで」

穂乃香が口許に笑みをこぼした。

「しらけた顔してたくせに、もうパンパンやないの」

「ダッ、ダメですっ……」

航平はひきつった顔を左右に振った。

「そっ、そんなにしたら出ちゃいますよ……」

嘘ではなかった。菜々瀬と結合したときだって、こんなに早く射精欲はこみあげてこなかった。つまり、ローション＋手コキの快感は、本物の女性器以上なのかもしれない。

「許さへんで」

穂乃香は唇を歪めて意地悪な笑みを浮かべると、ペニスから手を離した。

「そんなに早《はよ》ぅ出させるわけあらへんやんか」

射精欲がこみあげてきた状態でペニスを放置されるのが、こんなに苦しいとは思わなかった。

4

航平はベッドの上で身悶えていた。ローションでヌラヌラと光っているペニスが、風に吹かれた草茎のように揺れていた。いっそ自分でしごいてしまいたいくらいだったが、さすがにそこまで恥知らずな真似はできなかった。

穂乃香は腰の横あたりに座っていて、ニヤニヤしながらこちらを見下ろしていた。瞼を半分落とした色っぽい顔でふうっと息を吐きながら、両手を背中にまわした。ブラジャーを取るつもりのようだった。

真っ赤なカップがハラリとめくれ、現れたのは巨乳だった。先日の菜々瀬のそれは丸々と実った果実のようだったが、目の前にいる二十七歳の人妻の乳房は砲弾状に迫《せ》りだしていた。立体感がすさまじく、あずき色の先端もしっかりと尖っている。

「感想とかないんかい?」

穂乃香は堂々と胸を突きだしてきた。いや、態度は堂々としているのだが、表情だけはなんとなく恥ずかしそうで、男心をくすぐられる。

「すっ、すごく大きいですね……」

「うちのは巨乳やなくて、美乳やで。胸だけが牛みたいに大きいわけやない。でもな、ここよう見てみぃ」

穂乃香は胸元を指差した。

「谷間がごっつ深いやろ？　そう思わへん？」

「思います」

「なんのために深いんやろ？」

「……さあ」

航平が首をかしげると、穂乃香は人差し指を胸の谷間に挟んだ。指がすっかり隠れてしまうくらい、彼女の谷間は深かった。

「指やなしに別のもん挟んだら、どうなるやろな？」

「まっ、まさか……」

航平は唇を震わせた。

「パッ、パイズリですか……」

穂乃香は口許に卑猥な笑みを浮かべ、洗面器からローションをすくった。それを胸の谷間に塗りたくった。航平の両脚の間に移動してくると、前屈みになってペニスを挟んだ。両手で双乳を寄せながら、ヌルリ、ヌルリ、とすべらせてくる。

「どや？」

航平は言葉を返せなかった。単純に快感だけ比較すれば、手コキ＋ローションに軍配があがるだろう。しかし、穂乃香は「どや？」と言いつつ、まったく得意げな顔をしていなかった。それどころか、ひどく恥ずかしそうなのだ。

行動が破天荒なくせに、いちいち恥ずかしそうな顔をするのが穂乃香という女だった。それがそそった。乳房でペニスを挟むなんて馬鹿げたことをしているにもかかわらず、こちらを悦《よろこ》ばせるために必死になっている姿に、胸が熱くなっていく。

それに、刺激はペニスだけではなかった。太腿に、尖った乳首があたっていた。微弱な刺激だったが、異様にいやらしかった。舐めたり吸ったりしてみたいという耐えがたい衝動が訪れ、体を起こしかけたときだった。

穂乃香がピンク色の舌を差しだした。ヌルリ、ヌルリ、と胸の谷間でペニスをしごきつつ、亀頭をペロペロと舐めてきた。

「おおおっ……ぬおおおおーっ！」

航平はブリッジしそうなほど腰を反らせた。パイズリ＋亀頭舐めの破壊力は、手コキ＋ローションを凌駕しそうだった。ただし、後者は射精に直結する快感なのだが、前者は欲望そのものを肥大化させていくという違いがある。射精までは遠そうなのだが、興奮が自分の存在を超えていきそうになる。

なんと言っても、ヴィジュアルが圧倒的にエロティックなのが、パイズリ＋亀頭舐めだった。前屈みになって双乳を寄せているポーズも悩殺的なら、上目遣いでチラチラ見てくる視線も卑猥だ。恥ずかしいならよせばいいのに、羞恥に震えている舌で、頑張って亀頭を舐めてくる。

しかも、である。穂乃香はやがて、亀頭をぱっくりと口唇に収めた。咥えこんで、しゃぶってきた。ローションまみれになっているので、吸われると、ずるっ、ずるるっ、と音がたち、ローションに亀頭をこねくりまわされているような刺激が生じた。

「おおおっ……おおおおっ……」

航平は顔を真っ赤にしてのたうちまわった。穂乃香の攻撃はとまらなかった。亀頭を口唇に咥えたまま、双乳を寄せるのをやめた。空いた両手で、航平の両脚をひろげてきた。女のようなM字開脚だった。恥ずかしかったが、いまの航平には、恥ずかしさすら快感で、よけいにペニスが硬くなっていく。

「ぅんんっ……ぅんんっ……」

穂乃香は唇をスライドさせながら、肉竿の裏側に指を這わせてくる。指というか、爪だ。ローションにまみれているせいか、爪の硬い感触が涙が出るほど心地よく、その刺激は玉袋のほうまで這ってくる。

「なんや、ずいぶん気持ちよさそうやな？」

穂乃香が不敵に笑い、

「気持ちいいです」

航平はヘッドバンキングをするようにうなずいた。

「さすがナニワで一等賞……こんなの初めてです」

「ほうか。でもな、一宿一飯の恩義を返すのはここまでや」

「えっ……」

「当たり前やろ。なんで一宿一飯くらいで、これ以上のことせなあかんねん」

「いや、でも……でも……」

たしかに彼女の言う通りかもしれないが、ここで終わりで、蛇《へび》の生殺しはつらすぎる。鋼鉄のように硬くなってしまったペニスを、いったいどうすればいいのか。

とはいえ、無理強いはできない。ダメだというなら諦めて、ここまでしてもらったことを感謝するしかない。

「わかりましたよ……」

航平は恨みがましい顔で穂乃香を見た。

「バスルームに行って自分で抜いてきます」

上体を起こしたが、

「なんでやねん！」

ドンと肩を突かれ、もう一度あお向けに倒れた。

「ここは頭に血が昇って押し倒してくるところとちゃうん？　今度はうちのことひいひい言わせたろとか、そういうこと思わへんの？」

「いや、そんな……押し倒すなんて……とても……」

「できひんのか？　筋金入りの草食系か？　自分ばっかりひいひい言ってればそれでええんか？　よっしゃ、わかった。それならそれで、こっちにも考えがあるわ。あんたにはもう、金輪際押し倒してもらうことなんて期待せえへん」

言いながら、穂乃香は真っ赤なパンティを脱ぎ去った。黒々と茂った草むらが、航平の眼を射った。綺麗な顔に似合わないほどの剛毛だった。菜々瀬も濃かったが、それ以上かもしれない。逆三角形に茂った面積も広いし、あまりに黒々と茂りすぎて、その奥にあるはずの女の花がまったく見えない。

「舐めるのはできるな？」

キッと睨みつけられ、

「でっ、できます……」

航平は怯えながらうなずいた。

「そやな。舐めたら舐め返すのは、人として当然のことやもんな。でもな、男だったら根性見せて、倍返し、三倍返し、せなあかんで」

穂乃香が片脚をあげて顔をまたいでくる。湿気と熱気をむんむんと放つ黒い草むらを口に押しつけられ、航平は息ができなくなった。顔面騎乗位である。

菜々瀬に求められた仁王立ちクンニもすさまじかったが、顔面騎乗位はそれを超えるインパクトだった。なにしろ体重をかけられている。尻の重みを感じながら、顔の両サイドを太腿で挟まれているので、逃げ場所がまったくない。

「なあっ！　なあっ！　ちゃんと舌出して舐めたって」

そんなことを言われても、舌を出すスペースなんてまったくないのだ。ヌメヌメした花びらが唇にあたっていることはわかるのだが、愛撫なんてできる気がしない。おまけに、押し倒さなかったことをよほど根にもっているのか、穂乃香は暴れ馬にでもまたがっているように激しく腰を動かしてくる。顔中があっという間に発情の蜜にまみれていったが、そんなことより息ができない。

失神しそうになった航平は、苦しまぎれに息を吹きこんだ。女の割れ目にだ。風船をふくらませるように思いきり吹きこむと、数秒後に、ぶぶぶぶっ……と無残な音がその割れ目からたった。

「なっ、なにすんねんっ！」

穂乃香が動きをとめ、焦った声をあげた。

「いっ、いや、その……気持ちがいいかと思って……」

航平はあわてて言い訳したが、穂乃香の怒りはおさまらなかった。

「いいわけないやろ！　こっ、こんな屈辱は初めてやわ……なんやねん。うちは一生懸命奉仕して……東京で初めてできた友達やからって恥ずかしいの我慢していろいろしてあげたのに……この仕打ちはひどすぎるんちゃう？　ひどすぎるわ」

ひっ、ひっ、と穂乃香が嗚咽《おえつ》をもらしはじめたので、今度は航平が焦りまくった。とはいえ、とにかく酸素を確保しないと死んでしまいそうだったので、穂乃香の両膝を立てさせた。穂乃香はボロボロと涙を流しながらも、航平の顔面の上でM字開脚を披露した。泣き顔にもっとも似合わない悩殺的なポーズだった。

黒い陰毛が、たっぷりと蜜を浴びてアーモンドピンク色の花びらに張りついていた。はっきりと女陰を見るのは初めてだった。淫靡としか言い様がない光景だった。匂いもすごかった。よほど濡らしているのか、菜々瀬のときよりずっと強い匂いが鼻先で揺らぎ、その匂いが航平から理性を奪っていく。

「ああんっ！」

濡れた陰毛を舌先でよけるように花びらを舐めると、穂乃香はいままでとは打って変わった、可愛らしい声をあげた。たぶん、一オクターブは高かった。その声をもっと聞きたくて、航平はペロペロと舌を躍らせた。

「なっ、なんやねんっ……あんた、泣いてる女のオメコ舐めるて、ええ根性しと……ああんっ！　そこはダメやて。感じてまうて……んんっ！　こんなん恥ずかしいからもうやめてっ……」

言いつつも、穂乃香は航平の顔の上からおりようとしなかった。逆に腰をくねらせて、舐めてほしい場所を航平に伝えてきた。張りついていた陰毛をあらかたよけると、唇を縦にしたような女の花が姿を現した。花というより蕾《つぼみ》だろうか。ぴったりと合わさっている縦筋を舌先でなぞりつつ、今度は花びらを左右にひろげていく。

「ああんっ、いやあんっ！　見んといてっ……そんなに見んといてっ……」

薄桃色の粘膜をさらけだされた穂乃香は、身をよじって砲弾状の乳房を揺らした。言葉とは裏腹に、見られて興奮しているようだった。

航平は眼を凝らしてじっくりと観察し、女がもっとも感じるというクリトリスを探した。花びらの合わせ目の上端にあるはずだった。くにゃくにゃした肉が複雑な凹凸を描いていて、どこにあるのかわからなかった。

「ダッ、ダメやてっ……クリなんか舐めたら、うちおかしくなるてっ……剝《む》き身を舐めるの、絶対禁止やてっ……」

言いつつも、自分で包皮をペロリと剝き、米粒大の肉芽を露《あら》わにした。透明感があって、いやらしいくらい尖っていた。ずいぶん小さいものだと驚いたが、ぷるぷる震えていてとても敏感そうだ。

ふうっ、と息を吹きかけると、

「あああっ……やめてっ！　剝き身はやめてーなっ！」

穂乃香は身悶えながら、みずから包皮を被せては剝き、剝いては被せる。それだけで、体中が小刻みに震えだす。

言葉に反して、どう見ても舐めてほしそうだった。包皮から剝きだされた肉芽を、航平が尖らせた舌先でちょんと突くと、

「はっ、はぁうううーっ！」

穂乃香はいやらしすぎる悲鳴をあげてのけぞった。後ろに倒れそうになり、両手で体を支えた。航平が彼女の両膝をつかんで離さなかったので、股間を出張らせる身も蓋もない格好になった。

「なっ、なんでやねんっ……なんでこんな格好っ……」

真っ赤な顔で叫んだが、続く「ひいいーっ！」という悲鳴で言葉は押し流された。

航平が、クリトリスに吸いついたからである。

5

「やっ、やめてっ！　クリちゃん、吸わんといてっ！　おかしなるから、吸わんといてえやっ！」

泣き叫ぶ穂乃香は、けれどもクリトリスを吸いたてるほどに、宙に浮いた腰をガクガクと揺らし、太腿をぶるぶると震わせている。経験が浅い航平の眼から見ても感じているのはあきらかで、その証拠に発情の蜜があとからあとからこんこんとあふれてくる。それをじゅるっと啜《すす》ってやると、

「はぁううっ！」

穂乃香は腰をひねって体勢を崩した。両手で体を支えていられなくなり、完全に後ろに倒れてしまったのだが、すぐにムクリと起きあがり、ハアハアと肩で息をしながらこちらを睨んできた。

「もう怒ったで。なんでうちばっかりひいひい言わされなあかんねん……」

ヒップの位置を少し後ろにずらし、ペニスをつかんできた。騎乗位で結合するつもりのようだった。

性器と性器の角度を合わせ、腰を落としてきた。ずぶっ、と亀頭が割れ目に沈む感触に、航平は息を呑んだ。もう童貞ではないとはいえ、その感触に慣れることはなかった。女とひとつになろうとしているという実感が全身を熱く燃やし、ペニスにすべての神経が集中していく。

「あああっ……」

すべてを呑みこむと、穂乃香は豊かな乳房を航平の胸にむぎゅっと押しつけ、覆い被さってきた。

「入ったで」

耳元でささやいてくる。

「具合どや？」

「さっ、最高です」

本当はまだよくわからなかったが、そうとでも答えるしかない。

「締まりええか？」

下品すぎる質問に答えたくなくて、航平は腰を動かした。対面座位のときより難しくないだろうと思ったからだが、やはり思った以上にうまく動けた。

「ああんっ！」

ずんずんっと突きあげると、穂乃香は航平にしがみつき、

「ダメやて……下になってるくせに動いたらあかん……」

言いつつも、腰を揺らめかせるリズムを合わせてくる。縦に突きあげている航平の動きに対し、横に動いて性器と性器の摩擦感を高める。

「ああっ、ええようっ……」

魂《たましい》までも吐きだしそうな声で、穂乃香が言った。

「オメコええっ……ごっつええっ……あんたも？　あんたも気持ちええ？」

航平はうなずいたが、次の瞬間、腰の動きをとめた。穂乃香が不意に、大粒の涙をこぼしたからである。喜悦の涙でもなければ、羞《は》じらいの涙でもないようだった。む

せび泣きながら、泣き顔を隠すように航平の肩に額を押しつけた。

「うちな、最近全然抱かれてなかってん……」

熱い涙が、航平の肩まで濡らした。

「オメコはええな。あんたのこと全然知らんけど、こうしてるとひとりじゃないて思えるな……」

どうやら、浮気をされているだけではなく、セックスレスでも悩んでいたらしい。とはいえ、なにしろストレートに卑語を連発するので、同情心がまったくわいてこない。同情心どころか、穂乃香がしゃくりあげるたびに、キュッ、キュッ、と肉穴が締まり、いても立ってもいられなくなってくる。

「穂乃香さんのオメコ、最高ですよ」

「ホンマか？」

穂乃香は泣き顔に悪戯っぽい笑みを浮かべると、キスをしてきた。お互いに、舌を吸いあった。むさぼるような穂乃香のキスからは、サレ妻の悲哀と孤独が伝わってきた。だが、彼女の場合、それがなんとも言えない色香となるから、同情心はやはりわいてこなかった。

唾液が糸を引くような深いキスを交わしながら、航平は乳房を揉みしだいた。硬く尖った乳首をつまみあげると、穂乃香はじっとしていられなくなった。尻を上下に振りたてて、ピターン、ピターン、と音を鳴らした。人妻の面目躍如《めんもくやくじょ》と言いたくなるようないやらしすぎる腰使いで、咥えこんだペニスをしゃぶりあげてきた。

「あああっ……はぁあああっ……」

あえぐ穂乃香に応えるように、航平も下から突きあげる。膝を立て、尻の双丘をつかむと、それまでより動けるようになった。したたるほどに濡れている肉穴を、ずぼずぼと穿《うが》った。

「なんやのんっ……うまいやないかっ……おかしなりそうやっ……」

濡れた瞳でこちらをじっと見つめながら、穂乃香は上体を起こした。両膝を立て、M字開脚の中心をぐりぐりと押しつけてきた。大胆すぎる光景に航平は啞然としたが、穂乃香はもう羞じらっていなかった。羞じらう感覚より、興奮のほうがはるかに上まわっているようだ。

「あっ、あたっとるっ……いいとこあたっとるっ……いちばん奥まで届いとるよおおおっ……」

絶叫しながら、険しい表情で航平を見つめてくる。切羽つまったその表情がなにを意味するのか、航平にもわかった。

「イッ、イクでっ……うち、もうイクでっ……なあ、ええか？　先にイッてもええのんか？」

航平はうなずき、ブリッジするように腰を反らせた。結合感がぐっと増し、亀頭が子宮を押しあげているのがはっきりとわかった。

「はっ、はぁうううううーっ！」

穂乃香は髪を振り乱して獣じみた悲鳴をあげた。

「イッ、イクッ……もうイクッ……イクイクイクッ……はっ、はぁおおおおおおおおーっ！」

ガクンッ、ガクンッ、と腰を揺らして、穂乃香はオルガスムスに駆けあがっていった。紅潮した顔をくしゃくしゃに歪めて、恍惚《こうこつ》を噛みしめた。ひとしきり体中の肉を痙攣《けいれん》させると、再び上体をこちらに預けてきた。驚くほど熱く火照《ほて》った肌から、絶頂の激しさが伝わってきた。

第三章　海辺で絶世美熟女と

1

そろそろ限界だった。

一宿一飯という話で航平のアパートに泊まった穂乃香だったが、それから一週間、居座りつづけた。

「他に行くあてがないんやから、しゃーないやん。お礼に毎晩たっぷりサービスしとるんやから、文句言わんとき」

たしかにこの一週間、夜になるとローションプレイから始まる濃厚なセックスの恩恵にあずかっていた。それはいいのだが、なにしろ狭いワンルームなので他人と一緒に住んでいるとストレスが溜まる。

「だったら、もっと広い部屋に引っ越したらええんちゃう。うち、あんたのこと気に入ったから、嫁になったってもええのんよ」

冗談ではなかった。社会人としてもまだ駆けだしに毛が生えたような二十四歳が、所帯などもてるはずもない。だいたい、東京は家賃が高いのだ。関西出身の彼女はわかっていないようだったが、広い部屋になど引っ越したら、あっという間に生活苦に陥《おちい》る。

それに……。

いちばんの問題は、彼女自身がホームシックにかかっているような気配があるのだ。地元が恋しいと顔に書いてあるし、十年連れ添った夫にも未練タラタラのような感じがする。それをなんとか吹っ切ろうと毎晩激しいセックスに溺れているわけだが、だんだん痛々しく見えてきた。

ケジメをつけるべきだった。結婚も同棲もする気がないなら、いつまでもこの状況をダラダラ続けているべきではない。しっかりと話しあって、とにかく一度地元に帰ってもらったほうがいい。

「あのう……」

朝の出がけに声をかけた。

「今晩、お好み焼き食べにいきませんか？　ネットでおいしそうな店を見つけましたから。本場関西の味を謳《うた》ってる……」

「へー、あんたいいとこあんな」

穂乃香は白いパンティ一枚であぐらをかき、コーヒーを飲みながらテレビを観ていた。まったく、眼のやり場に困る。寝るときにトップレスなのはしかたがないとしても、ベッドから出たらなにか着るべきだろう。親しき仲にも礼儀ありですよと何度言っても、いっこうに改善されない。

「でもな、東京のお好みなんて、期待できへんで。うち、あんたが会社行っとるとき、こっそり食べにいったんよ。そこも本場関西の味って幟《のぼり》立ててたけど、根本的にお好みいうもんをわかっとらん……」

「わかりました。じゃあ、焼肉でもイタリアンでもなんでもいいですから、とにかく外で食事しましょう」

部屋で話をしても、色仕掛けですべてをうやむやにされてしまうからである。

「ま、ええけどな……」

穂乃香が気乗りのしない顔でうなずいたときだった。ピンポーン、と呼び鈴が鳴り、航平は息を呑んだ。まだ午前八時前だった。こんな時間に呼び鈴を鳴らす人間とは、いったい……。

ドアスコープをのぞくと、鬼瓦《おにがわら》のような顔をした男が立っていた。白地にゴールドのラインが入った派手なジャージを着てブランドもののセカンドバッグを脇に挟んだその姿は、どう見ても闇金の取り立てだった。

航平に心あたりはなかった。闇金に金など借りた覚えはない。

青ざめて立っていると、

「どないしたん？」

穂乃香が立ちあがって近づいてきた。

「いや、その……なんか、怖い人が……」

「怖い人やて？」

ドアスコープをのぞきこむなり、穂乃香の形相が変わった。般若《はんにゃ》のように眼を吊りあげるや、眼にもとまらぬ勢いで鍵を開け、ドアノブを引いた。

「なんやねんっ！　なにしに来たんやっ！」

穂乃香に怒鳴りつけられ、鬼瓦は気まずげに眼をそらした。穂乃香がトップレスだったから、ではなさそうだった。一瞬にして、航平はすべてを理解した。

この男は、穂乃香の夫だ。Z２を乗りまわしていた喧嘩十段。闇金の取り立てではなく、内装会社を経営しているらしいが……。

「この通りや……」

夫はいきなり土下座した。砂埃《すなぼこり》にまみれた外廊下で躊躇《ちゅうちょ》なく……。

「女とは切れたよって、家に戻ってきてくれへんか……」

「ハッ、ふられたか？　ザマないのう。ええ気味や」

穂乃香は吐き捨てるように言った。

「でもな、なんでワレがふられたら、うちが帰らないかんねん。帰らへんからな。だいたい、なんでここがわかったんや？　探偵でも雇ったか？」

「前にな、おまえのスマホにＧＰＳのアプリ仕込んだことあって……」

「なんやてっ！　おい、いくら夫婦かて、やっていいことと悪いことあるぞ。一番は浮気や。二番はスマホを触ることや。どっちもやらかしといて、よう顔出せたな……航平！　塩持ってきぃ」

「いやいやいや……」

航平は弱りきった顔で穂乃香に耳打ちした。

「男が土下座するなんて、よっぽどのことですよ。許してあげてもいいんじゃないですか？」

「なに言うとんねん。土下座でなんでもチャラになったら、警察いらんやろうが……おう、まさかワレ、手ぶらで東京まで出てきたんとちゃうやろな。勘弁してもらいたかったら、小便くさい小娘に手玉にとられたカラカラの頭さげとらんと、指くらいつめてきいや」

「ええやろ」

冗談にしても笑えないと航平は思ったが、

夫は真顔でうなずいた。

「それでおまえの気がすむなら、指くらいくれてやるわ……にいさん、悪いけど、道具貸したってんか。包丁とまな板や」

「なっ……ちょっとちょっとちょっと……」

航平は穂乃香の腕を取って部屋の中にうながし、夫のほうは外に残したままいったん玄関扉を閉めた。とにかく剝きだしの乳房がよろしくなかった。洗濯物の山の中からTシャツを取り、穂乃香の頭に被せた。砲弾状の巨乳がぽっちり乳首を浮かせていたが、そんなことにかまっていられなかった。

「いい加減にしてくださいよ。これ以上ごねるなら、僕にも考えがあります」

「なんや？」

「ご主人に言いますよ。エッチのとき、ご主人の名前を呼んでたこと。イキまくりながら、『タカシー、タカシー』って……」

穂乃香の顔色が変わった。怒りに紅潮していた顔が、みるみる青ざめていった。タカシというのは鬼瓦のファーストネームだ。

「それ言うたら、航平殺してうちも死ぬ」

「帰ってもらえますね？」

穂乃香はうつむいてしばらく逡巡していたが、やがてコクリとうなずいた。

そして、ぶんむくれた顔で鬼瓦と一緒に帰っていった。不満気だったが、彼女も内心ではきっとホッとしているに違いない。

2

穂乃香がいなくなったアパートの部屋は嵐の過ぎ去った海のように凪《な》いで、不思議なくらいガランとして感じられた。

いれば少々息がつまるが、いなければいないで淋しくなる——男にとって女はそういう存在なのかもしれなかった。ちょっと前まで女の隣に座ることにさえ怯えていたことを考えると、ずいぶんな心境の変化だった。曲がりなりにも一週間もひとつ屋根の下で女と暮らし、少しは男として成長できたのだろうか。そうであってほしいが、成果のほうはまだわからない。

そんなある日、航平は初めて単身の出張を命じられた。

場所は沖縄で二泊三日。本島にあるウコン、黒糖、シークヮーサーの製造所に挨拶まわりし、最後はフェリーで小さな離島に渡って、新規の塩工場と商談を進める予定になっていた。

ひとりで飛行機に乗るのが初めてだったので不安もあったが、那覇空港でむわっとする熱風に吹かれた瞬間、すっかり南国気分になった。東京はそろそろ桜の季節だが、沖縄はすでに初夏の陽気で、窓を全開にしたレンタカーで海沿いの道を走っていると、仕事なんてすっかりどうでもよくなった。

ただ、あまりにも美しいエメラルドグリーンの海が、一抹の淋しさも運んできた。こういう景色はひとりではなく、ふたりで見るものではないかと思ったからだ。恋人同士で眺めてこそ盛りあがるはずであり、鞄を置いてあるだけの助手席に眼をやると、深い溜息がもれた。

彼女が欲しかった。

こんなにも強くそんな思いを抱いたのは生まれて初めてではないだろうか。

穂乃香とタカシの絆《きずな》の強さを見せつけられたせいかもしれない。若き日のふたりも、Z2にまたがって同じ景色を眺めていたのだ。ろくでもないことばっかりやっていたに決まっているが、ふたりは幸せだった。そのときの記憶が絆となり、浮気に家出というシリアスなトラブルも乗り越えられる原動力になったのではないだろうか。

初日のスケジュールを無難にこなし、離島での商談のため、二日目の朝にフェリーに乗りこんだときには、すっかりセンチメンタルな気分になっていた。十年後に穂乃香とタカシのようになっているためには、いま彼女つくる必要があるだろう。しかし、まるで自信がもてない。童貞時代は結婚なんてしなくていいと思っていたが、いまは結婚できないことへの恐怖のほうがずっと強い。フェリーのデッキで潮風《しおかぜ》に吹かれていると、トビウオがペアで跳ねていた。この世でひとりきりなのは自分だけではないかと落ちこんでしまい、肩を落として船室に入った。

平日ということもあり、フェリーはかなりすいていた。本島ではバックパックを背負った旅行客もたくさんいたが、その船室では地元民らしき年寄りがポツポツと散見する程度だった。

そんな中、ひと組だけ異彩を放っているカップルがいた。カップルというか夫婦だろう。年は四十くらいだろうか。男は白い麻のスーツにパナマ帽を被り、磨きあげられたストレートチップの靴を履いたキザな雰囲気。

一方の女も綺麗だった。ハーフのように彫りの深い知的な顔立ちに、長い首がほとんど見えている黒髪のショートボブ。おまけに、映画祭に参列する女優のようなゴールドベージュのパンツスーツを着て、足元は銀色に輝くハイヒールだ。

街まで買いだしにきた地元のオジイオバアの中で、ふたりは完全に浮いていた。装いに金がかかっていそうなだけではなく、どちらも上背のある美男美女だった。燃料油の異臭漂うフェリーに乗っているのがひどく場違いで、クルーザーでもチャーターしたほうがよほど似合いそうな紳士と淑女《しゅくじょ》である。

ただ、様子が少しおかしかった。

航平から五メートルほど離れた席に並んで座っているのだが、ふたりともいっさい口をきかないどころか、眼も合わせない。まわりの席はガラガラで、ポツンとふたりだけ座っているのに、どちらもスマホに眼を落としている様子はなんだか異様な感じがした。

容姿がお似合いなだけに、よけいに違和感が際立っていた。喧嘩をしている、という雰囲気ではない。火花を散らしている感じではなく、凍えるような冷たいオーラを放っていた。熱風が吹きつける南国の海を渡っているのに、ふたりだけが北極に向かう観測船にでも乗ってるような、そんな感じだった。

到着した島は小さいだけではなく、真っ平らだった。山や丘がないので、島の端から端まで見渡せそうな、不思議な地形をしていた。ずいぶん遠くまで来てしまったなとしみじみ思ったが、島人《しまんちゅ》はやさしい人ばかりで、都会暮らしで疲れた心身が癒された。

塩工場との商談も滞りなく進み、島人の自慢だという水平線に落ちる夕陽をみんなで眺め、夕食をご馳走になってホテルに戻った。

小さな島なので以前は民宿しかなかったらしいが、最近、立派なリゾートホテルがオープンした。航平は民宿でかまわなかったのだが、上司が気を遣ってくれ、そこに泊まることになっていた。

せっかくなので広いホテルの中を探索してみたところ、失敗したかもしれない、という思いにかられた。民宿に泊まれば宿の人や宿泊客と夜更けまで酒盛りし、島唄のひとつでも聴かせてもらうことができたかもしれないのに、そのホテルに泊まっているのはカップルばかりだったのである。

大学生の恋人同士ふう、新婚旅行ふう、熟年夫婦ふう、中には見るからに不倫の匂いが漂ってくる、ハゲオヤジとキャバクラ嬢のようなカップルもいて、すれ違うたびにげんなりした。

老いも若きもお盛《さか》んだった。なのに自分は、部屋に帰って缶ビールでも飲むくらいしかすることがない。まだ午後九時を少しすぎたばかりだった。こんなに早い時間では、ベッドに入っても眠れるわけがないし……。

ロビーの片隅にバースペースがあった。幸いなことに他に客がいなかったので、入ってみることにした。オープンカフェのような造りになっていて、カウンター席の正面は海だった。夜なので真っ暗だが、潮風が吹いてきた。泡盛を飲みながら生暖かい潮風に吹かれていると、ちょっとは気分がよくなったけれど、やはり連れがいない淋しさがじわじわとこみあげてくる。

「彼女欲しいなあ……」

思わずひとり言をつぶやいたときだった。

「あら」

後ろから声をかけられビクッとした。女の声だった。ひとり言を聞かれたかもしれないと思うと顔から火が出そうになり、振り返ることができなかった。

「また会ったわね」

女が続けたので、しかたなくおずおずと振り返った。一瞬、誰だかわからなかった。フェリーで会った淑女だったのだが、ふたつの点で航平はすぐに気づくことができなかった。

ゴールドベージュのパンツスーツではなく、ブルーのワンピースを着ていた。リゾート仕様なのだろう、チューブトップの超ミニで、眼のやり場に困るほど露出度が高い。デコルテは全開だし、太腿も半分以上見えている。

顔には笑みを浮かべていた。知的な美貌に相応《ふさわ》しいエレガントなスマイルだったが、フェリーの中では氷のように冷たい表情をしていたので、すぐに彼女だとは気づかなかったのだ。

「隣、座ってもいいかしら?」

甘い声でそっとささやかれ、

「えっ……」

航平はキョドッてしまったが、

「どっ、どうぞ……」

気を取り直してうなずいた。とはいえ、なぜ隣に座るのか謎だった。テラス席もテーブル席もカウンター席も客など誰もいないのに、あえて隣に座ってくる目的はなんなのか。そもそも、また会ったわね、と声をかけられるなんて、身に覚えがなかった。行きのフェリーで居合わせたが、会話はおろか、視線さえ合っていないのだ。

とはいえ、隣に座られても意外なほど不安にならなかった。曲がりなりにも童貞を捨て、二番目の人妻とは一週間もやりまくったおかげで、長年の「隣の女恐怖症」が解消されたのかと思ったが、たぶんそうではない。

彼女が美しすぎるせいで、現実感がなかったのだ。

間近で見ると圧倒的な美人だった。可愛げがないと言いたくなるほど、顔の造形が完璧に整っている。ハーフっぽさも相俟《あいま》って、美しさが現実離れしている。なんというか、同じ空気を吸っていると、映画のスクリーンの中に迷いこんでしまったような、幻想的な気分にさえなってくるのだ。

女はやたらとグラスの大きい、南国のフルーツがたくさん盛りつけられたカクテルを頼むと、それをストローで飲んで「酸っぱい」と笑った。笑顔というのは親和力を高めるためのものだと思うが、彼女の場合はただ美しいだけだった。

「あなた、フェリーの中でずっとこっちを見ていたでしょう？」

「えっ……」

航平の心臓はドキンとひとつ跳ねあがった。それほど露骨に見ていたつもりはないのに、女という生き物は男の視線に敏感らしい。そう言えば、穂乃香とのファーストコンタクトでも視線を指摘された。見ていたのは背中だったはずなのに……。

「すっ、すいません……あんまり綺麗だったから、つい……」

女は表情を変えずに微笑んでいる。褒め言葉には慣れていると言わんばかりだった。それでも、嫌味な感じはしない。本当に綺麗だからだろう。どんな美人でも四十前後になれば劣化してくるはずだが、成熟と美貌が見事に調和している。若いころはどれだけ破壊力のある美人だったのか、想像もつかないくらいだ。

しかも、フェリーの中とは違って、肌の露出度が高い。首まわりから胸元、双肩も二の腕も剝きだしで、下半身は太腿が半分以上見えている。いや、スツールに座ったことで、ほとんどヒップのすれすれまで露出していると言っても過言ではなく、それが視界に入るたびに航平の鼓動は乱れに乱れた。

「ひとりで来たの？」

女が訊ねてきたので、

「ええ」

航平はうなずいた。

「出張なんです。塩工場と商談に……」

「明日にはもう帰るのかしら？」

「はい」

「そう……わたしはしばらくここにカンヅメよ」

リゾート旅行に来ているはずなのに、女はうんざりした表情でつぶやいた。

夫婦仲がうまくいっていないのだろうな、とさすがの航平でも察しがついた。理由はわからないが、うまくいっているなら、旅先の夜、ひとりでバーになど来るはずがない。

だが、うまくいっていないのに、どうしてふたりきりでこんな小さな島に旅行に来たのだろう？

3

女は美玲《みれい》と名乗った。

散歩に行かない？　と彼女に誘われ、夜の浜辺を歩いた。潮風が妙に生暖かく、べタついていた。これが亜熱帯気候なのか、夜になっても気温がさがらず、むしろ蒸し暑くなったようだった。

超ミニのワンピース姿で夜のビーチを歩く美玲の姿は、まるでファッション雑誌の一ページのようだった。しかし、それは外灯がついているところでの話であり、ホテルから遠ざかっていくと、知的な美貌も露出度の高い素晴らしいスタイルも夜の闇に溶けていった。

月が出ていなかったので、本気で暗かった。ただし、月が出ていないせいで星は夜空を埋め尽くすほどよく見え、ロマンティックな気分になりかけたときだった。

「エッチしない？」

唐突に、美玲が言った。

「一度、夜の浜辺でエッチしてみたかったの」

航平は自分の耳を疑った。

「なっ、なにを言いだすんですか、いきなり……」

「実はね……」

美玲が低く声を絞った。

「わたしたち、これから死ぬのよ」

「はっ？」

「この島に、死にに来たの。夫はいま、部屋でそのための薬を調合している。だから、死ぬ前に夢を叶《かな》えておきたいの」

「なっ、なんで死ぬんですか？　理由は……」

「夫が事業で失敗して、三十億くらい負債をつくっちゃったのよ。そんなの返せるわけないから、もう死にましょうって……」

航平は言葉を返せなかった。フェリーの客室で感じた凍えるように冷たいオーラの正体は、これだったのだ。ただ単に夫婦仲が悪いわけではなく、現世から切り離されていくオーラだったのだ。

踵《かかと》が砂に刺さって歩きづらそうにしていた美玲が、立ちどまってミュールを脱いだ。航平も立ちどまり、美玲の顔に眼を向けた。夜闇にぼんやり浮かんでいた。遠い眼をして暗い海を見つめている白い顔が、なんだか幽霊みたいだった。美しいからだろう。幽霊は絶世の美女と昔から決まっている。

「いっ、いやあの……なんていうか……僕にはなにもできませんけど、死ぬのはやめたほうが……借金があっても明るく生きてる人もいっぱいいるわけですし……」

言葉の途中で、美玲がクスクスと笑いだした。

「なっ、なんですか？」

「嘘よ」

背中を叩かれた。

「そういうシチュエーションでエッチしたら盛りあがるかと思って嘘ついたの。でも、あなた真面目なのね。エッチどころじゃなくなっちゃいそう」

つまり、自殺は嘘でも、エッチをしたいのは本心なのか。それもまた、にわかには信じられなかった。

「どっ、どうしてそんな嘘を……」

「つまらない現実より、美しい嘘のほうが好きだからでしょうね」

「現実はつまらないんですか？」

お金持ちそうなのに？　というニュアンスで言うと、

「愛のない結婚なんかしたから……」

美玲は長い溜息をつくように言った。

「結婚するなら、自分より大事に思える人とするべきなんでしょうね、やっぱり」

「愛のない結婚って……いったい……どういう……」

航平は途中で言葉が継げなくなった。美玲が人差し指を、航平の唇の前で立てたからである。

「いまの質問に答えるのと、キスをするのと、どっちがいい？」

美玲が唇から指を離し、身を寄せてくる。女にしては上背があるので、顔と顔の距離が近い。吐息にフルーツの甘酸っぱい匂いが混じっている。

「じゃあその、質問の答えを……ぅんんっ！」

唇をキスで塞がれた。

「意地悪なこと言わないで……」

腰を抱かれ、チークダンスをするように下半身をこすりつけてくる。航平は息ができなくなり、眼を見開いて美玲の顔を見ていた。

あまりに美人なせいで、キスをするとか、ましてやセックスするなんて、リアルに想像できなかったのだ。しかし、いまの彼女は、夜闇の中でもはっきりとわかるほど瞳を潤ませ、頬を赤く染めていた。発情していることが生々しく伝わってきて、下半身をこすりつけられている股間のものが、あっという間に硬くなった。

美玲もそれに気づいたのだろう、意味ありげな笑みを浮かべると、もう一度唇を重ねてきた。今度は軽いキスではなく、舌を差しだして航平の口の中に侵入してきた。なすがままに舌をからめとられ、航平は呆然とした。すると美玲は、下半身を密着させたまま腰をくねらせ、股間のものを刺激してきた。

「ぅんぐっ……ぅんぐっ……」

ペニスへの刺激がトリガーとなり、航平もキスに熱をこめた。美玲の舌をしゃぶりまわし、唾液を啜った。

訳がわからなかった。生暖かい潮風が吹く南の島の夜の海で、スクリーンの中の女優のような女とキスをしている——とても現実のこととは思えない。美玲は大の男が土下座してでも、あるいは全財産を差しだしてでも抱きたくなるような女だと思う。しかし、こちらはただの若い男だ。ゆきずりのセックスを求められる意味がわからない。いっそのこと、本当に死を覚悟しているから最後のセックスに付き合ってほしいと言われたほうが、まだ理解できそうである。

とはいえ、意味はわからなくとも、唾液が糸を引くような深いキスを交わしていれば、欲望は高まっていく。ズボンの中のペニスは硬くなりすぎて悲鳴をあげ、手指が勝手に美玲の体をまさぐりはじめる。

背中をさすり、手のひらを下に這わせていって、ビクッとした。ワンピースの生地に包まれているはずのヒップが、いきなり手のひらにむっちりした生身の感触を伝えてきたからだ。

おそらく、下半身をこすりつけてきたせいで、短すぎるミニ丈がずりあがってしまったのだろう。それにしても、パンティの生地もなく、いきなり生身の尻肉……つまり彼女はノーパンなのか……。

暴れる心臓をなだめながら、航平は尻を撫でまわした。美玲の尻はいわゆる平尻だった。一般的には丸尻よりセクシーさに欠けると言われているが、そんなことはないと思った。平べったくても充分にムチムチしているし、ちょっと垂れているところなんて可愛らしささえ覚える。

顔が完璧なんだから、尻まで完璧では可愛げがないというものだ。そう思うと、双丘を揉みしだく両手にも力がこもり、指になにかが引っかかった。どうやら、ノーパンではなくて、Tバックパンティを着用しているらしい。

興奮のままにキュッと引っぱりあげると、

「あああっ……」

美玲は熱い吐息をもらした。

「ダッ、ダメよっ……食いこませないでっ……」

あきらかに誘っていた。本当にダメなら、眉根を寄せたいやらしい顔でこちらを見てくるわけがない。

航平は左手で、キュッ、キュッ、とTバックを食いこませながら、右手で前から股間を探った。案の定、ワンピースのミニ丈は腰のあたりまでずりあがって、パンティがすべてさらけだされていた。

中指で様子をうかがうと、シルクらしきなめらかな布の感触がした。それが、こんもりと盛りあがった恥丘にぴったりとくっついていた。恥丘の形状を確認するように、指を這わせた。布の生地が薄いから、その向こうにある柔らかい肉の感触も、割れ目の位置まで指腹に伝わってくる。

「んんんっ……」

美玲が腰をひねる。指がいいところにあたったらしい。ここがクリトリスだと狙いを定め、航平は中指を動かした。ぐっ、ぐっ、ぐっ、と圧を加えては、ぶるぶると小刻みな振動を送りこんだ。穂乃香に教わったやり方だ。指先ではなく、手首のあたりを震わせるのがコツらしい。

「ああっ、いやっ……」

美玲が無防備な声をもらした。穂乃香直伝の指使いは、絶世の美女にも通用するようだった。ナニワナンバーワンの手コキ師を自認する穂乃香は、手マンにもうるさい女だった。適当にやると激怒された。

いきなりパンティの中に手を突っこむのは愚の骨頂、まずはじっくり下着越しに愛撫するというのが彼女の教えだった。その教え通りに、なめらかなシルクの上から、割れ目をなぞり、クリトリスに圧を加え、振動を送りこむ。

キュッ、キュッ、とパンティを股間に食いこませるのも、穂乃香の好んだやり方だった。彼女には前から引っぱるやり方を教わったが、後ろから引っぱっても効果は似たようなものに違いない。

もどかしい感じがいいのだそうだ。さっさとパンティを脱ぎ捨てたいのに、食いこまされることで焦《じ》らされて、よけいに感度があがっていく。

「ねっ、ねえ……」

美玲がハアハアと息をはずませながらこちらを見た。

「どこかで横にならない？」

立っていられなくなったようだが、そんなことを言われても、ここは夜闇に包まれた浜辺であり、ベンチのようなものなどない。当たり前だがレジャーシートも持っていないので、横になるとすれば砂の上に直接ということになる。

なんとなく抵抗があったし、なにより穂乃香直伝の手マンを、もっと試してみたかった。それを立ったまま行なえば、菜々瀬から教わったあの陶酔感も追加できるはずだ。航平は美玲の言葉を涼しい顔でやり過ごして、パンティの中に手を入れていった。

「あああっ……」

陰毛を軽く撫でただけで、美玲の声は上ずった。興奮しているようだった。パンティの中は異様な熱気で、陰毛が蒸れてしまいそうな勢いだった。その奥に湿地帯があることが生々しく指に伝わってきて、じわじわと指を下に這わせていくと、発情の蜜がねっとりとからみついてきた。

「ダッ、ダメッ……ダメよっ……」

美玲が身をよじる。航平はもう、Tバックを引っぱっていなかった。左手で、彼女の腰を抱いていた。そうしていないと、崩れ落ちてしまいそうだった。

立ったまま性感帯をいじりまわされた美玲は、次第に両脚を開いていき、ガニ股のようになった。いまの様子を写真や動画に収めれば、途轍もなく卑猥なものが撮れそうだった。

花びらはすでに表面までヌメヌメに濡れて、めくると奥から大量の蜜があふれてきた。それを指ですくいつつ、ヌメリをまわりにひろげていく。凹《へこ》みをくすぐるように刺激しては、花びらの合わせ目にあるクリトリスに指を近づけていく。

「あううっ！」

クリトリスに指が届くと、美玲は喉を突きだしてのけぞった。肉芽はまだ包皮を被っているはずだが、それでも指で転がすと、美玲はガクガクと腰を震わせた。息をつめ、それを一気に吐きだしては、航平の首根っこにしがみついてきた。

いよいよ立っているのがつらくなってきたのだろう。見えなくても脚の震えがはっきり伝わってきたが、それはつまり、立っているのがつらいほど欲情しているということだった。

航平は手応えを感じていた。このままイカせることができる、と足元から自信がこみあげてきた。

穂乃香が二十七歳で、菜々瀬はアラサーだったが、美玲はアラフォーなのだ。性感が充分に熟れているに違いないし、感度が高くて当然かもしれない。

「……イッ、イクッ！」

クリトリスをしつこく刺激しつづけると、美玲は眉間に深い縦皺《たてじわ》を刻んでオルガスムスを嚙みしめた。ガニ股に開いていたはずの両脚で航平の右手をぎゅうっと挟み、今度は極端な内股になって、いやらしいくらいに腰をくねらせた。

4

イキきった美玲は崩れ落ちた。

航平は腰を抱いていたが、それでは支えきれなくなって、砂浜に両膝をついてしまった。ハアハアと肩で息をしていた。航平は指先だけで美女を昇天させたことに満足しつつ、大丈夫ですか？　と声をかけようとしたが、それより早く、美玲が腰にしがみついてきた。

すがりつくような体勢だったが、支えが欲しかったわけではなさそうだった。肩で息をしつつも、ベルトをはずしてきた。切迫しているというか、ひどく焦っていた。自分ひとりイカされてしまい、恥ずかしかったのかもしれない。

「……立派ね」

ズボンとブリーフをさげると、大蛇のように屹立《きつりつ》したペニスを見て、美玲は微笑んだ。夜闇のせいでよく見えなかったけれど、その笑みには先ほどまでの余裕が、すっかりなくなっているような気がした。

美玲はまず、ハーフのように高い鼻を亀頭に近づけ、くんくんと匂いを嗅いだ。匂いフェチなんですか？　と思ったが、もちろん口に出して訊ねることはできなかった。それよりも、匂いを嗅がれて恥ずかしかった。寝る前にシャワーを浴びるつもりだったので、今日は一日中、ペニスはブリーフの中で蒸れていた。亜熱帯気候の沖縄で……。

「汗くさくないですか？」

航平は恐るおそる声をかけた。なんなら海で洗ってきましょうか、と続けようとしたが、美玲は言葉を返さず、いきなり咥えてきた。

「むううっ……」

生温かい口内粘膜で亀頭をぴっちりと包みこまれ、航平は腰を反らせた。美玲がねろねろと口内で舌を動かしはじめると、両膝が震えだした。

美玲が手マンですぐイッてしまった理由が、わかった気がした。自分が愛撫を受ける側にまわった途端、ここが野外であることを意識せずにはいられなかった。まわりに人影はなかったが、吹きつけてくる南国の潮風が、穏やかに聞こえてくる潮騒《しおさい》が、密室でないことを告げてくる。

初めての経験なので、解放感よりも恥ずかしさが勝っていた。ただ、その恥ずかしさがスリルという名の刺激になって、ペニスをどこまでも敏感にしていくのだ。

「ぅんぐっ……ぅんぐっ……」

美玲は丁寧に亀頭を舐めてきた。唇をスライドさせるのではなく、口に含んだままじっくりと舌を使った。そうしつつ、時折カリのくびれに唇の裏側をぴったりと密着させ、しごきながら吸ってきた。男の性感帯をピンポイントで突いてくるそのやり方は、菜々瀬や穂乃香にはないものだった。

肉竿の根元を支え持っているのに、しごいてこないのもいやらしい。亀頭だけを徹底的に、ふやけるくらいに舐めてくる。もっと強い刺激が欲しくて、睾丸が迫りあがってくる。いっそのこと美玲の頭をつかんで、口唇にピストン運動を送りこんでやりたい衝動がこみあげてくる。

だが、さすがにそんな乱暴なことはできず、身震いしながら快楽を受けとめていると、美玲がペニスから口を離した。「ああっ」と言いながら垂らしたひと筋の涎《よだれ》が、夜闇の中で妖しく光った。

不意におかしな空気がふたりの間に漂った。

美玲はフェラはもう充分だと判断したようだった。航平にしても異論はなく、このまま続けられていたら、本当に彼女の頭をつかんで口唇にピストン運動を送りこんでしまいそうだった。

となると、次の展開は結合である。夜の浜辺でエッチしてみたかった、と美玲は言った。しかし、レジャーシートもないのに、浜辺でどうやってするのだろう？　普通にやったら、性器が砂まみれになってしまいそうだが……。

美玲が動いた。

フェラチオをするため浜辺に膝をついていたのだが、そのまま背中を向け、四つん這いになったのである。

なるほど……。

経験したことがない体位なので気がつかなかったが、バックスタイルなら性器を砂にまみれさせずにセックスすることができるかもしれない。

しかし、感心していたのは束の間のことだった。絶世の美女の四つん這いは、ガニ股より衝撃的だった。知的な美貌と犬のような格好にギャップがありすぎて、脳味噌が沸騰しそうなほど興奮した。

ミニ丈のワンピースは無残にめくれ、尻の双丘がほとんど剝きだしになっていたから、なおさらだった。桃割れに食いこんでいる白いTバックが匂いたつほどセクシーで、生唾を呑みこまずにはいられなかった。

航平はズボンとブリーフを脱ぎ捨て、膝立ちになって美玲の尻ににじり寄ったが、いきなり結合するのは、どう考えてももったいなかった。経験のない体位だから、挿入に対する不安もあった。

そこでまず、両手で尻の双丘を撫でてみた。ぐいっと桃割れをひろげると、暗くて女の花は見えなかったけれど、発情の証左である強い匂いが夜闇の中で淫らに揺らいだ。

鼻を鳴らして匂いを嗅ぎまわしてしまったのは、先ほどの美玲の真似ではない。そうせずにはいられないほどの求心力が、美玲の放っている匂いにあったからである。たぶん、ここが野外であることと無関係ではなかった。夜の浜辺であればこそ、発情のフェロモンがこんなにも芳《かぐわ》しいに違いない。

嗅げば嗅ぐほど、自分の中に眠っていた野性が目覚めていく気がする。すぐに匂いを嗅いでいるだけでは飽き足らなくなり、舌を伸ばした。夜の闇よりなお暗い桃割れの間でねろりと舌を動かすと、

「んんんっ……」

美玲は尻を震わせて身悶えた。感じているようだった。となると、もっと感じさせたくなるのが男心というもので、ねろねろと舌を動かしてしまう。尻の双丘に顔が挟まれるほど唇を押しつけて。あふれた蜜をじゅるっと啜る。

「くぅうっ……」

美玲は腰をひねると、

「もっ、もういいからっ……もうちょうだいっ……」

振り返り、切羽つまった顔を向けてきた。

そう言われてしまうと焦らしたくなるのもまた、男心なのだろうか。航平にしても結合したくてたまらないのに、痩せ我慢して舌を躍らせる。左手を上に向けてクリトリスを撫でまわしつつ、右手の中指を女の割れ目に沈みこませていく。

「ああっ、いやっ……」

ぶるぶるるっ、ぶるぶるっ、と美玲が太腿を震わせる。肉穴は奥の奥までよく濡れているのに、キュッ、キュッ、と指を食い締めてくるいやらしさだ。

航平は肉穴に沈めた中指に人差し指を追加し、二本指で丁寧に愛撫した。内側の壁をまさぐって、ざらついた凹みを探した。そこに女の急所があることを、穂乃香に教わった。俗に言うGスポットだ。

穂乃香によれば、凹みを押しあげるように刺激されながらクリトリスもいじられると、たまらないらしい。美玲にも通用した。女の急所を二点同時に責めてやると、ひいひいと喉を絞ってよがり泣いた。

「ダッ、ダメよっ……ダメダメッ……」

美玲が四つん這いの身をよじる。

「そっ、そんなにしたらっ……またイッちゃうっ……イッちゃううううっ……」

ずちゅっ、ぐちゅっ、と汁だくの肉穴が鳴らす音がいやらしすぎて、このままイカせてやりたい気もしたが、航平は愛撫をやめて指を抜いた。

「どっ、どうしてっ……」

美玲が恨みがましい声をあげて振り返る。

「わたし、イキそうだったのにっ……どうして途中でっ……」

言葉の途中で、ハッと息を呑んだ。絶頂寸前で愛撫をやめた理由が、彼女にもわかったようだった。

はちきれんばかりに勃起したペニスを、航平は握りしめていた。軽くしごいただけで鈴口から我慢汁が噴きこぼれ、糸を引いて砂浜に垂れていった。もうこれ以上、放置しておくことはできなかった。指ではなく、ペニスでイカせてやるとばかりに、突きだされた尻に腰を寄せていった。

5

気分だけは昂ぶっていても、バックスタイルで挿入するのは初めてだった。

四つん這いになっている美玲に後ろからクンニをし、指まで入れたことで、肉穴の位置はだいたい見当がついていた。それでも不安に震えながら、切っ先を濡れた花園にあてがっていく。

ヌルリ、とすべった感触に背筋が痺れた。航平は根元を握ったまま、割れ目をなぞりあげるように亀頭を移動させた。ヌルリ、ヌルリ、とすべらせると、美玲はうめき声をあげ、早く入れてとばかりに尻を振ってきた。

いやらしかった。美玲ほどの淑女が四つん這いになってペニスを欲しがっている姿は超絶レベルの卑猥さで、早く挿入したいのにヌルリ、ヌルリ、と割れ目をなぞるのをやめられなくなってしまう。

そうしているうちに、亀頭が沈む場所を発見した。あきらかにそこに穴があった。航平は息をとめ、腰を前に送りだした。蜜壺はよく濡れていたので、ずぶずぶと入っていくことができた。

「んんっ！」

挿入している間、美玲はずっと身構えていた。根元まで埋めこむと、四つん這いの体をこわばらせたまま、小刻みに震えだした。後ろから見ていても、結合の感触を噛みしめていることが伝わってくる。

航平は緊張しながらピストン運動を送りこもうとしたが、その前に美玲が振り返って上体を起こした。後ろに手を伸ばして航平の腕をつかみ、顔を近づけてくる。ずいぶんと体が柔らかかった。四つん這いで尻を突きだしながら、腰をひねってキスを求めてきたのである。

唇を重ねた。すぐに舌をしゃぶりあう、ディープな口づけになっていった。美玲の舌からは、まだ動かないでというメッセージが伝わってきた。まだ結合感を噛みしめていたいのか、あるいは少し焦らして感度をあげたいのか……。

いずれにせよ、求められているのなら応えないわけにはいかず、航平は腰を動かすかわりに、ワンピースのトップス部分をずりさげた。チューブトップなので、簡単な作業だった。それから、ストラップレスブラのホックをはずし、カップをめくる。両手を伸ばし、後ろから裾野をすくいあげる。

「あああっ……」

指を食いこませて揉みしだくと、美玲は唇を離して熱い吐息をもらした。間近にいるから、眉根を寄せた表情もよく見えた。もっといやらしい顔にしてやりたくて、左右の乳首をつまみあげる。軽くつまんで、いくぞ、いくぞ、とフェイントをかける。美玲は乳首を強く押しつぶされる期待と不安で、眉尻を垂らした泣きそうな顔になっていく。

航平は強く押しつぶすことはせず、コチョコチョとくすぐってやった。爪まで使ってくすぐりまわせば、美玲はじっとしていられなくなる。腕をつかんでくる指に力をこめたが、それでも我慢できずに、ゆらゆらと尻を揺らしはじめた。

「くぅうっ！」

ずちゅっと音をたてて性器と性器がこすれあい、美玲は羞じらいの表情を浮かべた。それでも、ヒップはさらに動く。結合を深めるように押しつけては揺らし、いやらしく腰をくねらせる。

頃合いだ、と航平は思ったが、悪戯心が胸に芽生えた。美玲がピストン運動を欲しがっているのはあきらかだったが、ならばあえて焦らしてやろうと思った。焦らした果てに淑女がどうなってしまうのか、好奇心が疼いた。

左右の人差し指に唾液をつけ、淫らなほど尖った乳首を転がした。さらに、首筋に狙いを定める。美玲の髪型はショートボブなので、うなじがいつだって無防備の状態だ。

髪の生え際に舌を這わせると、

「あああっ……」

美玲は四つん這いで振り返っている体を不自由そうによじらせた。航平はうなじが濡れ光るほど舐めまわしてから、今度は耳に狙いを移した。ふうっと熱い吐息を吹きかけては、耳たぶをしゃぶりまわして甘嚙みまでしてやる。

「あああっ……はぁあああっ……」

美玲の動きが激しくなった。もはや遠慮がちには振る舞えないようで、ピターン、ピターン、と尻を叩きつけてくる。ペニスを深く咥えて、腰をグラインドさせる。ずちゅっ、ぐちゅっ、という肉ずれ音が、一秒ごとに粘っこくなっていく。

「おっ、お願いっ……」

淑女の上ずった声に、ぞくぞくするほど興奮した。

「つっ、突いてちょうだいっ……思いきり突いてっ……」

彼女の口からおねだりの言葉を引きだしたことに航平は満足し、乳首をいじっていた両手を、くびれた腰にすべらせた。がっちりとつかむと、大きく息を吸いこんでから、ピストン運動を開始した。

「あううう一っ！」

美玲は振り返っていられなくなり、両手を砂浜についた。完全な四つん這いになった尻に、航平は連打を送りこんだ。動き方がぎこちないと自分でも思ったが、結合してからしばらく動かなかったことで、衝動やエネルギーが溜めこまれていた。それを爆発させることで、次第にスムーズなピストン運動ができるようになっていく。パンパンッ、パンパンッ、という尻を打ち鳴らす音が、生暖かい潮風に乗って夜空に舞いあがっていく。

実のところ、航平はバックスタイルにいままであまり関心がなかった。好きなのは、圧倒的に向きあって抱きあう体位だ。正常位でも対面座位でも女が上体を倒した騎乗位でも、素肌が密着している面積が広いほどセックスは気持ちがいいと思っていたし、なにより向きあっていれば、乱れる女の顔を拝める。

その点、バックスタイルは顔も見られなければ、体の密着している面積も狭く、ほとんど性器しか繋がっていない感じなので、あまり興味がわかなかった。

間違っていた。

実際にしてみると、すさまじく興奮する恐るべき体位だった。女を四つん這いにして後ろから突きあげるという行為は、男の支配欲を満たすのだ。いまは暗くてよく見えないが、四つん這いになった女はアヌスをさらし、結合部もさらし、尻をパンパンと打ち鳴らされ、乳房をタプタプ揺らしている。ほとんど屈辱的な、滑稽な格好を強いられているのに、よがり泣かずにはいられないのだ。

「はぁううう……はぁうううっ……はぁうううううっ……」

航平の送りこむリズムに乗って、美玲は喜悦に歪んだ悲鳴を撒《ま》き散らしている。ここが野外であることを忘れたのかと思うほどボリュームが大きかったが、ここが野外であるからこそボリュームを調整できないほど興奮しているのかもしれない。

実際、航平も彼女の声を注意しようと思わなかった。むしろもっと大きな声を出させてやろうと、怒濤《どとう》の連打を送りこんだ。誰かに見つかるかもという恐怖も、淑女と獣のように盛っている興奮には勝てなかった。そう、ふたりは獣になって盛っていた。こんな経験、東京にいては絶対にできない。

「ああっ、ダメッ……」

美玲が切羽つまった悲鳴をあげた。

「イッ、イッちゃうっ……そんなにしたらイッちゃうっ……」

航平はピッチを落とさず、渾身《こんしん》のストロークを打ちこみつづけた。航平もまた、射精に達してしまいそうだったからだ。だがもちろん、美玲より先にイクわけにはいかない。

『女がもうすぐイキそう言うのはな、男にもう少しだけ続けてほしいこと伝えるためや。きっちりイカせてほしいから、恥ずかしいけどいちいち口にするんやで』

穂乃香が言っていた。女をイカせてから、男が射精をする。この順番が正しく、逆になると女は不完全燃焼で終わり、使えない男の烙印を押されるらしい。

「ああっ、イクッ……もうイクッ……」

美玲が身構え、四つん這いの体をこわばらせる。

「イクイクイクイクッ！　はっ、はぁおおおおおおーっ！」

淑女とは思えないほど野太い悲鳴をあげて、絶頂に達した。腰を跳ねさせ、身をよじる動きが激しかった。それほどよかったのは喜ばしいことだが、バックスタイルが初めての航平はうまくコントロールすることができなかった。両手で腰をつかんでいるのだが、その腰が暴れ馬のようにビクンビクンと跳ねるので、自分まで膝立ちで跳ねてしまう情けなさだった。

「あああああーっ！」

イキきった美玲がこちらのほうに倒れてくると、支えることができず、航平は尻餅をついてしまった。正座するようになってしまった両脚を伸ばすのが精いっぱいで、あとはいつまでも痙攣のとまらない美玲の体を、後ろから抱きしめていることしかできなかった。

美玲はしばらくの間、呼吸を整えていることしかできなかった。やがて振り返り、ねっとりと潤んだ瞳を向けてきた。

「すごいよかった……」

アクメの余韻のありありと残る、蕩《とろ》けきった表情でささやかれ、航平は彼女の中に埋まったままのペニスが、ひときわ硬くなっていくのを感じた。

「まだ奥がジンジンしてる……ああっ！」

腰をひねると性器と性器がこすれあい、美玲の美貌は歪んだ。背面座位の体勢だった。それもまた航平にとっては未知の体位ではあったが、女を上に乗せることには多少慣れていた。腰が使えないぶん、手を使えばいいのだ。

航平は左手で乳房を揉みしだきつつ、右手を結合部に這わせていった。美玲は両脚を開いていたので、まずは内腿を撫でた。直接触れなくても、股間からはいやらしいくらいの熱が伝わってきた。

「このまま続けていいですか？」

ささやくと、美玲はうなずき、キスをしてきた。砂浜の上で体位の制限があるとはいえ、振り返ってキスをするのが好きな人だった。単純に、キスをするのが好きなだけかもしれないが……。

「んんんっ！」

舌をからめあいながらクリトリスに触れると、美玲は振り返っていられなくなった。ねちねち、ねちねち、と肉芽をいじりまわす刺激に合わせて、腰が卑猥なダンスを踊りはじめる。

「そっ、そんなことしたら、またすぐイッちゃいそう……」

困ったように言いつつも、腰の動きは激しくなっていくばかりで、連続絶頂に向けて貪欲にペニスを食い締めはじめた。

第四章　合コンに来た小悪魔妻

1

沖縄から帰って一週間が過ぎた。

絵はがきのように美しい景色や四月にもかかわらず生暖かい空気、なにより、美しすぎるアラフォーとワンナイトスタンドを楽しんでしまったことで、ほとんど夢の中の出来事に思えた。

美玲は最後まで正体を明かしてくれなかったが、きっとそれでいいのだろう。金持ちのようだったが、金持ちには金持ちの悩みがあり、ゆきずりの男と鬱憤《うっぷん》を晴らしたい夜もあるのだ。彼女がどういう事情を抱えていようと、航平にとっては男に生まれてきてよかったと心から思える一夜となった。

そして、沖縄に行ったことで恋愛関係とはまた別の欲望が芽生えていた。

クルマ熱が本格的に燃えあがってきたのである。レンタカーを借り、海沿いの道で久しぶりにドライブを楽しんだせいだった。

資金は潤沢とは言えない。就職したときからマイカー購入のためコツコツ貯金しているものの、まだ予定額に達していない。

しかし、中古車販売店で働いている大学時代の同級生に相談したところ、手持ちの額でも充分にローンを組める、と背中を押された。その日の商談先が彼のいる販売店の近くだったので、帰りに寄ってみたのだ。

「本当かい？　新型の86かロードスターだよ」

「スポーツカーはいま、あんまりタマがないんだがなあ。でも、他ならぬおまえのためなら、ひと肌脱がしてもらおう。北海道から沖縄まであたって、なるべくコンディションがよくてお値段控えめなやつを見つけだしてみせるぜ」

同級生の名前は田所《たどころ》豪《ごう》という。こういう場合は頼りになる。二浪しているので同級生でも年上だから、兄貴風を吹かせたがるのだ。

「ただな……」

田所は気まずげに口ごもりながら言った。

「そのかわりってわけじゃないけど……仕事は仕事としてきっちりやるよ。だけどさ、ひとつ、頼みをきいてもらえないかね？」

「できることなら」

航平がうなずくと、

「今夜これから、一緒に合コンに参加してくれ」

田所は眼を泳がせながら言った。

「わかってる。おまえがそういうの苦手なのは先刻承知なんだけども……」

「いいよ」

航平がふたつ返事で快諾したので、田所は拍子抜けしたようだった。なにしろ隣に女が座るだけで怯えてしまうので、大学時代の航平はその手の話をすべて断っていた。しかし、ここへきてその弱点は克服されつつあり、むしろ彼女が欲しくてしかたがないのである。渡りに船とはこのことだ。

「ガハハッ、あんまりあっさりＯＫが出たんでびっくりしちまったが、実は普通の合コンじゃない」

「というと？」

「洒落《しゃれ》たイタリアンバルで三対三。ここまでは普通だ。ところが、男ふたりが今日になってドタキャンしてきやがった。このままじゃ、男の参加者が俺ひとりになる。さすがにまずい。おまえが参加してくれれば女が三で男が二になり、なんとか体裁は保てるってわけだ」

航平は頬が緩んでしまいそうになった。女が三で男が二なら、三対三よりチャンスが大きいではないか。

「それでな、本格的に普通じゃなくなるのはここからなんだが、女三人の中に、俺の彼女がひとり入ってる」

「なんで？」

「彼女が女友達に持ちかけられてセッティングした合コンだからだよ。でも、俺っていう恋人がいるわけだから合コンになんて出られないだろう？　だから俺が、付き合ってないというテイで参加することになった」

話がややこしくなってきた。女が三で男が二のうち、ひと組がすでにカップルということは、実質的には女二に男一。両手に花になるということか。喜んでいい場面なのか。

「いいか航平、ここからがこの話の最大のヤマ場だ。おまえはいま、フリーの女をふたり独占できると思ってタコ踊りしそうになっただろ？　よかろう。口説《くど》いてもらってかまわない。ただし、他を口説く前に俺の彼女と仲よくなってほしい」

「なんで？」

「どういう女か見極めてほしいんだよ」

「意味がちょっと……」

「実は俺、その彼女と結婚を考えてるんだ。いや、考えてるだけじゃなくて、プロポーズもした。安物だけど指輪も渡して……でも、向こうがいっこうに煮えきらないんだよ。結婚を口にすると話をそらすし、今回の合コンにしても、なんていうか、俺に別の女をあてがおうとしているような、策略の匂いまでして……」

「うーん、無理だね」

「なんでだよ？」

「理由は言いたくないけど、僕に相応しい役まわりじゃない」

このところ立てつづけに人妻三人とセックスした航平だが、恋愛はまだ未経験なのである。女の本心を見極める力なんてあるわけがないし、結婚するだのしないだの、そんな話に巻きこまれても立ち往生するのが関の山だ。

「どうしても無理か？」

「悪いけど他をあたって」

「これでもか？」

田所がスマホの画面を向けてきた。女が映っていた。乃木坂46にいそうな清楚な美人だった。

「今夜の合コンの参加者だ。大学三年生の二十一歳。お嬢様女子大在学中で、趣味は華道と茶道。なんでも、ちょっと頼りなさそうな年上の男が好みらしい。マニアックな趣味だが、俺は自信をもっておまえを推薦したい。おまえくらい頼りなさそうなやつ、俺は知らない」

「いや、そんな……お嬢様女子大って……僕とは釣りあいが……」

言いつつも、航平は満更でもない気分だった。年上の人妻も悪くはないが、彼女にするなら年下のほうがいい気がする。

「そして、フリーのふたりめはこの子だ」

スマホの画面が変わった。帽子を被って制服を着ていたので、一瞬アイドルかと思った。たぶんアイドルそのものではないが、彼女もまた、乃木坂46にいそうなタイプだった。なぜ乃木坂46ばかり引きあいにだすのかというと、顔面偏差値が高いからである。昨今ではアイドルなんて佃煮《つくだに》にしたくなるほどあふれかえっているが、乃木坂46ほど美人ばかりのグループは他にない。乃木坂46にいそうというのは、航平にとって最上級の褒め言葉なのである。

「彼女は銀座のデパートの受付嬢だ。二十四歳。おまえと同い年だな。彼女には恋人に対して譲れない条件があるらしい。マニュアル車を運転できることだ。なんでも兄貴がセブンを転がしてた走り屋で、シフトレバーを操作する男の手にセクシーさを感じるんだと。でも、いまどきマニュアルの免許なんてもってるやついねえよ。クルマ屋の俺だってオートマしか運転できないのに。なあ、航平」

峠道《とうげみち》でドリフトがしてみたい航平は、もちろんマニュアル免許をもっていた。

「ククク ッ、86かロードスターのナビシートはこの子で決まりじゃないか？　羨ましいねえ。シェイクダウンは新緑の箱根か？　芦ノ湖《あしのこ》見ながら初めてのチュウか？　今夜の合コン、参加してくれるよな？」

航平は陥落した。乃木坂46が待っている合コンに参加しない男なんてこの世にいない。おまけにひとりはお嬢様女子大生で、もうひとりはデパートの受付嬢にしてスポーツカー好き。これほどの恋のビッグチャンスは、生まれ変わっても訪れないような気がした。

2

温厚な航平でも、さすがにキレそうになった。

田所に連れていかれたイタリアンバルに、乃木坂46はいなかった。加工をしていない写真を送れば、オーディションの書類審査にも通るはずがない、残念な女がいただけだった。画像修整技術の無駄遣いにも程がある。

なるほど、人を見た目でジャッジするのはよくないかもしれない。航平だって自慢できるような容姿をしているわけではないし、自分のことを極端な面食いだと思ったこともないけれど、これはあんまりだった。

一週間前に、美玲のような絶世の美女とセックスしたばかりだからかもしれない。穂乃香だって黙っていれば相当綺麗だったし、菜々瀬にしてもアラサーとは思えない可愛らしさがあった。体を重ねた人妻たちのレベルが高すぎて、自分の中のハードルがあがってしまった気がする。

「なあ、航平。おまえ今度、86かロードスター買うんだよな。峠でドリフト決めるんだろ？」

田所がわざとらしく話を振ってきたが、

「いやあ、プリウスで安全運転にしとこうかな……」

航平は乾いた笑いをこぼすことしかできなかった。

とはいえ、目の前に並んだ三人の女が、全員揃って残念だったわけではない。ニセ乃木坂46に挟まれる格好で真ん中に座っている田所の彼女――河原柚奈《かわはらゆずな》だけは、別格の輝きを放っていた。

若いな、と一見して思った。まだ二十歳らしいから、若くて当然なのだが……。田舎《いなか》の優等生というか、田舎の美少女というか、垢《あか》抜けないけど若さゆえにキラキラしている学級委員が、そのまま成人した感じとでも言えばいいだろうか。校庭の日《ひ》向《なた》の匂いがしそうだった。長い黒髪がキューティクルの光沢を放ち、色白の童顔。ぱっちりした大きな眼が印象的だ。美人というより可愛いタイプで、所作が遠慮がちつ真面目そうだから、清純という言葉がぴったりくる。白いブラウスに濃紺のジャンパースカートという装いも、その雰囲気に拍車をかけている。

なるほど、田所が結婚を焦る理由がよくわかった。ブリッ子同様、清純派の女子も男殺しの最右翼だ。九州の田舎から出てきたばかりらしいが、この手のタイプが都会でうろうろしていたら、男が放っておくはずがない。いまはまだ自覚がなさそうだが、自分がモテることに気づけば女は変わる。結婚なんて、遊び疲れてからで充分だと考えるようになる。田所はその前になんとか籍を入れてしまい、家の中に閉じこめておきたいのだろう。男のエゴ丸出しで、溜息が出てきそうになるが……。

まあ、どうでもいいことだった。

騙《だま》されてここに連れてこられた以上、田所との約束を果たす義理もなく、航平は誰に話しかけられても上の空で、黙々とピザやパスタを頬張っていた。おそらく、田所に仲よくなるよう言い含められたのだろう、柚奈がしきりにこちらに視線を送ってきたが、きっぱりと無視した。

しかし、田所は諦めの悪い男だった。席替えの音頭をとって、強引に柚奈を航平の隣へとうながした。

途端に緊張した。向きあった席ならまだしも、可愛い彼女に隣に座られると心臓が縮みあがった。「隣の女恐怖症」は、人妻三人とセックスしたことで、すっかり克服できたものと思いこんでいたけれど、どうやら再発してしまったらしい。彼女は田所の結婚相手、友達の妻もまた友達、と自分に言い聞かせても、緊張しすぎて額に脂汗が浮かんでくる。

柚奈が若いせいかもしれない。

二十歳はさすがに若すぎる。学生時代に同級生の女子たちに怯えていたことを思いだすと、いよいよ金縛りに遭ったように動けなくなった。

「航平さんって……あっ、航平さんって呼んでいいですか？　わたしのことも柚奈って呼んでくださいね。航平さん、スポーツカーが好きなんですかぁ？　カッコいいですよね。わたしもデートならスポーツカーがいいですぅ。ミニバンは生活感漂ってるし、ＳＵＶはおデブちゃんだし……」

なかなか話がわかる女じゃないか、と感心することはできなかった。柚奈が話をしながら、じりっ、じりっ、とこちらに接近してきたからだ。席はベンチシートだったので、距離が限りなくゼロに近づいていく。まったく大胆な女だった。目の前に恋人がいるというのに、こちらを見る眼つきにもなんだか媚《こ》びが含まれている。

いや……。

田所は結婚を焦っていても、柚奈はそうでないのが、ふたりの関係性だった。田所はこの合コンに策略が隠されていそうだと言っていた。田所に新しい女をあてがうという……。

航平はハッとした。逆の可能性は考えられないだろうか。柚奈のほうが心変わりしたことを見せつけるという……背中に戦慄の悪寒《おかん》が這いあがっていった。とするならば、こちらの役割は当て馬ではないか。

「ねえねえ、航平さん。ドライブ行くならどこがいいですか？　東京からだとやっぱり湘南？　サザンの歌に出てくる烏帽子岩《えぼしいわ》とかあるんですよね？　わたし田舎者だから、まだ湘南に行ったことないんですよぉ」

柚奈というのは恐ろしい女だった。田所がニセ乃木坂46相手に馬鹿笑いしている隙を突き、ボディタッチを繰り返した。肩を叩き、腕をさすり、最終的には太腿の上に手を置いた。触ったのではなく置いたのだ。すりっ、すりっ、と撫でてきた。清純そうな顔をしているくせに、手つきが異様にいやらしい。

この手つきは……。

記憶が刺激された。こんなふうにボディタッチされた経験が、航平にはあった。人妻の手つきに似ているのだ。

菜々瀬、穂乃香、美玲——年齢もバラバラならキャラクターもずいぶん違う三人に共通しているのは、人妻であり、訳ありであり、欲求不満をもてあましていることだった。そんな彼女たちと似たような手つきで、太腿を撫でてくるなんて……。

柚奈は二十歳で独身なのに……。

「あっ、あのう……」

航平は咳払いをし、尻を少しずらした。もちろん、太腿に置かれた柚奈の手から逃れるためだ。

「とっ、東京にはなんの目的で来たんですか？」

「わたし、長崎のすごい田舎で育ったんですよ。海が綺麗で、魚がとってもおいしいところ。でもやっぱり、人生で一回くらいは都会暮らしがしてみたくて、一年間だけのつもりで上京してきました。夜間の英語専門学校に籍は置いてありますけど、ふふっ、あんまり行ってません。東京で生活することそのものが目的だったから……」

「……なるほど」

「彼女たちは、専門学校でできた友達。サボリ三人組」

「……そう」

航平の顔はひきつりきっていた。尻をずらして移動したぶん、柚奈がきっちりと間合いをつめてきたからである。逃れたはずの手も、太腿の上に戻ってきた。

「ちょっと失礼！」

たまらず立ちあがった。

「お手洗いに行ってきます」

誰にも見つからないで脱出できる秘密の裏口があるなら、このまま帰ってしまいたかった。柚奈という女からは危険な匂いしか漂ってこない。そもそも田所の話そのものがトラブルの前段階のようなものだったから、巻きこまれてもいいことなんかあるはずがなかった。男同士の友情が壊れ、女には恨みを買うという、最悪の結末だって考えられる。

用を足したかったわけではないので、トイレに入ると冷水で顔を洗った。スマホで時間を確認すると、合コンが始まってからまだ三十分しか経っていなかった。こういう会はたいてい二時間だろうから、あと一時間半……長い。長すぎる。

とりあえず、いろんなことに眼をつぶって、ニセ乃木坂46と仲よくなるしかなさそうだった。柚奈に深入りするのは絶対にまずい。

ところが……。

ドアを開けてトイレから出ると、柚奈が立っていたので心臓が停まりそうになった。よけてやりすごそうとしたが、航平がよけた方向に柚奈も動いた。偶然ではなく、わざとだった。わざとであることを隠そうともしない。

さらに、こちらに向かって一歩進んでくる。席では笑顔を絶やさなかったのに、まなじりを決している。セクシーな雰囲気ではなく、なんというか、理不尽な教師に立ち向かう学級委員長のような顔で……。

柚奈がどんどん迫ってくるので、航平は後退った。トイレの前は短い廊下になっていて、その突きあたりまで追いつめられてしまう。柚奈は真顔のまま身を寄せてきた。胸に飛びこんできたと言ってもいい。

「なっ、なにをっ……」

焦りまくる航平をよそに、柚奈は航平の後ろの壁をまさぐった。抱きついてきたわけではなかったのだ。ガチャッと音がした。後ろは壁ではなく、扉だった。秘密の裏口かよ、と航平は胸底《きょうてい》でつぶやいた。

べつに秘密にされていたわけではなく、非常口の誘導灯が頭上にあった。本気で逃げるつもりではなかったので、気がつかなかっただけだ。

柚奈に押しだされる格好で外に出た。店は一階にあり、裏は駐車場になっていた。柚奈が航平の手を取って走りだした。トイレの前で通せんぼをされた時点で、すっかり彼女にイニシアチブを握られていた航平は、呆然としながらも一緒に走ってしまった。繁華街は人がごった返し、酔っ払いがオダをあげていたが、航平には暴れまわっている自分の心臓の音しか聞こえなかった。

話がしたい、と柚奈は言った。田所について相談がある、と……。

3

「そっ、それじゃあ……どっかそのへんの店にでも……」

航平はあたりを見渡した。五分くらい走っていただろうか。元いたイタリアンバルからはけっこう離れてしまったが、繁華街は続いていたので、酒場やカフェはたくさんあった。

「お店じゃなくて、うちに来てもらえませんか？」

柚奈はハアハアと息をはずませながら言った。彼女にしても、決して余裕綽《しゃくしゃく》々の脱出劇ではなかったらしい。

「人のいるところじゃ話しづらい内容だし、そのほうが話が早いと思いますから……」

「いっ、いやあ、しかし……女性のひとり暮らしの部屋に行くのは……」

「お願いします」

真剣な面持ちで両手を合わせられ、航平は淫らな展開を一瞬でも頭に浮かべた自分が恥ずかしくなった。田所について相談があるということは、話題は結婚についてに違いない。一生を左右する選択を前にしているのだから、彼女だって必死なのだ。

「わっ、わかった……じゃあ家まで行くけど、手を離してくれない？」

航平の左手はまだ、柚奈の右手にしっかりと握られたままだった。手汗でヌルヌルしていた。ほとんど航平の汗だった。気持ちの悪い男だと思われているに違いないと思うと、涙が出てきそうだった。

だが、柚奈は航平の言葉をきっぱりと無視し、手を引いて歩きだした。大通りでタクシーを停め、乗りこんだ。しっかりと手を繋いだまま……。

タクシーに乗っていたのは、十五分くらいだろうか。都心なのにひどく静かな、豪邸ばかりが建ち並んでいる高級住宅街——その中でもひときわ瀟洒《しょうしゃ》な低層階マンションが、柚奈の自宅だった。

芸能人が住んでいるようなところである。とても二十歳の小娘が自力で住めるとは思えない。彼女の実家は家族経営の素麺《ソーメン》工場だと田所が言っていたはずだが、本当は大金持ちのお嬢様なのか？

だが、その予想は見事に裏切られた。三階の部屋に入ると、映画のセットのように生活感がないリビングのソファに、航平はうながされた。ベッドほどの広さがあり、オットマンもついている総革張りのソファだ。百万くらいするんだろうか、と呑気《のんき》なことを考えていた航平の膝の上に、柚奈は身を翻《ひるがえ》してまたがってきた。対面座位の体勢である。

もちろん、彼女は服を着ていた。濃紺のジャンパースカートは丈が長かったから、下着が見えてしまうようなこともなかったけれど、あまりに大胆な行動に、航平は仰天してしまった。大胆というか、クレイジーだ。

「なっ、なにをするんだ……」

「航平さんと仲よくなりたいと思って」

柚奈は悪びれずに応えた。部屋に入る直前まで繋がれていた手はいま、航平の肩にあった。両手を双肩にのせて、まっすぐにこちらを見つめてくる。

「仲よくなるのに、またがる必要はないと思うけど……」

「ありますよ。これからエッチするんだから」

言葉にも驚いたが、腰まで動かしてきた。木馬に乗った少女のような無邪気な動きだったが、眼つきが変わっていた。黒い瞳がねっとりと潤んで、半開きになったイチゴのように赤い唇から甘い匂いが漂ってきそうだ。

「わたし、エッチしたことのない人って信用できないんですよねー。だから、相談に乗ってもらう前に、まずエッチ」

「そっ、そういうタイプだったのか？」

「見た目通りの真面目っ子だと思いました？　ふふっ、残念ながら小悪魔でーす。このマンション、パパに家賃払ってもらってますから。血の繋がったお父さんじゃないですよ。パパ活でつかまえたパパ。いま五人いて、家賃払ってくれる人、お洋服買ってくれる人、ごはん屋さん連れてってくれる人って、使いわけてて……」

それは小悪魔じゃなくてビッチじゃないか、と航平は言おうとしたが、それを制するように柚奈が腰を動かしてきた。股間をペニスにこすりつけるように……あて方が的確だった。セックスもうまいんだろうな、と生々しく想像してしまった。勃起をこらえるのが精いっぱいで、声も出せない。

「ちなみに結婚もしてますから」

柚奈はジャンパースカートのポケットから出した指輪を、左手の薬指にはめた。

「一年間限定で都会暮らしをしてみたいと思ったのは本当の話で、九州にいるダンナ様はそんなわがままを許してくれるやさしい人。造船所の御曹司《おんぞうし》で彼もお金持ちって言えばお金持ちなんですけど、さすがに遊びまわるお金を出させるのは申し訳なくて……都会暮らしっていっても、中央線沿線の安アパートで銭湯通いがしたかったわけじゃありませんからね。田舎じゃできないゴージャスな遊びを経験したかったんで、清水《きよみず》の舞台から飛びおりるつもりでパパ活したら、モテてモテて……田舎じゃ全然だったのに、東京の人はすごいちやほやしてくれる。わたしなんてただ田舎くさいだけなのに、清潔感あるね、とか、透明感にやられたよ、なーんて……」

「もういいよ」

航平は力なく首を横に振った。

「金と引き替えに体を差しだしているパパが五人いて、おまけに人妻。要するにキミは、田所に相応しい女じゃない」

「そうなんですよ」

柚奈は口を開けて笑った。

「わたしは田所さんが思ってるような女じゃないって何回も言ってるのに、あの人、ガチ恋モードに入っちゃってるから、俺が更生させてやるとか……はっきり言って迷惑なんですよね……あっ、キスしていいですか？」

「なに言ってんだ」

「だからエッチしたことない人は信用できないんですよ。航平さんには、田所さんを説得してほしい。わたしを諦めるように……できればパパが五人とか、実は結婚してるって話は伏せて……わたしにだって良心があるから、ああいう真面目な人を傷つけたくないんですよ」

「説得のご褒美にエッチさせてあげるというわけか？」

「そうそう」

「ならエッチは不要。説得は引き受けるから、おりてくれ」

「ええっ？」

柚奈は眼を丸くして驚いた。

「わたし、自分から誘って断られたの、東京に来て初めてです。狙いを定めて落とせなかった男なんて……やりたいなと思った男とは、絶対やれたのに……」

「いい加減にしろ！」

航平はさすがに声を荒げた。

「たしかにキミは可愛い。それは認める。でも、性根が腐ってる。おそらく東京に来て、思ってもみなかったほどモテすぎたから、おかしくなっちまったんだ。すみやかに田舎に帰ることをおすすめするよ。あんまり調子こいて生きてると、そのうちバチがあたるからな」

視線と視線がぶつかった。次第に、柚奈の頬がふくらみ、唇が尖ってきた。瞳も潤みはじめていたが、眼光は鋭くなっていくばかりだった。

傷つけてしまったらしい——相手の若さを考慮すれば、言いすぎてしまったのかもしれない。だが、彼女が間違った生き方をしているのは、大人なら誰だってわかることだった。誰かがビシッと言ってやる必要があるのだ。

「わたし……」

柚奈が震える声で言った。

「子供のころから異常な負けず嫌いなんですよ。負けたって認めることができないっていうか……長崎のすごい田舎でも、わたしより可愛い子はいたし、わたしより勉強ができる子も、運動神経がいい子もいましたけど、わたしより根性がある子はひとりもいませんでした……」

柚奈は航平の上からおりると、ジャンパースカートを脱ごうとした。

「失礼するよ」

航平は立ちあがって玄関に向かおうとした。柚奈に強い力で肩を突き飛ばされ、ソファに尻餅をついた。

「なにするんだ？」

「喧嘩売っておいて帰るんですか？」

「はあっ？　喧嘩なんて売ったつもりは……」

「売ってますよ。偉そうにお説教したってことは、わたしには欲情しないってことですよね？　三十分一本勝負で決着つけましょう。三十分以内に航平さんを勃起させられたら、わたしの勝ち。エッチしてもらいます。お説教してたその口で、クンニしてください」

「なにを言ってるんだよ、いったい。じゃあ、僕が勝ったらどうなるの？」

「田舎に帰ります」

再び、視線と視線がぶつかった。柚奈は眼をそらして小さく溜息をつくと、弱々しい声で続けた。

「たしかに……航平さんの言うのもわかるんですよ。こんな生活してたら、いつかひどいしっぺ返しに遭いそうで、本当はすごく怖い……怖いから、遊びまわって、エッチばっかりして、男の人にちやほやされることでまぎらわそうとして……田舎に帰ればダンナ様がいるのに、わたしって最低だなって……」

生活感のまったくないリビングに、海底のような静寂が訪れた。柚奈は唇を嚙みしめていた。涙をこらえているように、航平には見えた。

「わかったよ……」

航平は太い息を吐きだした。

「三十分一本勝負、受けてたとうじゃないか」

言った瞬間、柚奈が下を向いてニヤリと笑ったのを、航平は見逃さなかった。涙をこらえているように見えたのは、演技だったのかもしれない——背中に冷たい汗が流れていく。

4

「わたしが処女じゃなくなったのは、十七歳の夏なんですけど……」

ジャンパースカートを脱ぎながら、柚奈は言った。

「相手はサッカー部のエースストライカー。田舎だと運動やってる人がとにかくモテるんですね。成績がいいとか、バンド組んでるとか、アニメ好きのオタクとか、女子には全然。野球部やバスケ部もモテましたけど、うちの学校はサッカー部が強かったんで、エースストライカーなんてもう最強ですよ。追っかけみたいのもいたし、バレンタインのチョコとか段ボールだし……わたしもその中のひとつを献上してたんですけど、まあ、相手にしてもらえませんでした。でも、あるとき……夏休みの終わりごろ、急にLINEがきて……こっちからはID教えてありましたけど、向こうのは知らなかったから、最初誰だろうって首をかしげて……夕暮れに近い時間で、わたしは妹と縁側でスイカを食べてたんです。でもLINEのやりとりしてる人が、彼だってわかって……いまから会えない？　って誘われて……わたし、スイカなんか庭に放りだして、いちばん可愛いTシャツとミニスカートに着替えて、待ち合わせ場所の神社まで自転車飛ばしていきましたよ。そしたら、いますげえ一発やりたいんだよねって……本当に、そのままのこと言われたんですよ。おまえ俺とやりたいんだろ？　やりたいなら頭さげて頼めよ。エッチしてくださいって……わたしすごく震えて、手足が震えてるだけじゃなくて、心までぶるぶるな感じで……こいつマジ最悪、って思いましたよ。ボロボロにされるって、十七歳のヴァージンだってわかりますよ。でも、初体験の相手が彼になるっていう誘惑に、どうしても勝てなかった。大事にされてないし、これからもされないのわかってるのに、パンツ脱がされて……痛い痛いって叫んでるのに、強引にねじこまれて……その神社は神主さんとかいないところだったんで、神殿に入れたんですけど、彼は終わったらさっさと帰っていって、わたしはまるでレイプされたあとみたいに大の字に倒れたまま、涙がとまらなくて、そのうちギャン泣きになって……後悔はしてないですけどね。でも、もうちょっとやさしくしてほしかったなって、いまでも少し恨んでる……」

柚奈は切々と言葉を継ぎながら、ジャンパースカートと白いブラウスをすっかり脱いでいた。ブラジャーとパンティは白だった。美玲も白い下着を着けていたが、彼女の場合は素材がシルクだったり、Tバックだったりして、高級感もデザイン性もあった。柚奈のほうは、女子高生が着けているような、飾り気のないブラジャーとパンティだ。おまけに足元まで白いくるぶしソックス。

貢いでくれるパパが五人もいれば、下着に贅沢できないわけがなかった。セクシーランジェリーが欲しいと言えば、鼻の下を伸ばして何万円もするブランドものを喜んでプレゼントしてくれる連中ばかりに違いないが、彼女は自分のことをよくわかっている頭のいい女なのだろう。

派手な色だったり、スケスケだったりのセクシーランジェリーを着けていたら、田舎の優等生感、田舎の美少女感が台無しになることを理解している。飾り気のない、ちょっとダサめの白いブラジャーとパンティこそ、彼女の清純さを最大限にアピールできる、キラーアイテムなのである。

航平も、もう少しで勃起してしまうところだった。柚奈のような容姿に、白い下着の組み合わせは危険すぎる。なんというか、女子校の更衣室をのぞいてしまったような、いけない気分になってくるのだ。

「そっちに行っていいですか？」

柚奈がソファの隣を指差して言った。

「さっ、触るのはなしだぜ」

「いいですよ。フェラなんかしたら、三秒で勝っちゃいそうですから」

柚奈は笑いもせずに、隣に腰をおろした。しまった、と航平は舌打ちした。触られることを恐れるあまり、「隣の女恐怖症」をすっかり失念していた。

ロスト・ヴァージンの話を始めたあたりから、柚奈の顔からは笑みがすっかり消えていた。イタリアンバルのときはニコニコ笑っていたのに、まなじりを決して唇を引き結んでいる。笑っているときより、緊張感は十倍増だった。白い下着の美少女に真顔でいられると、いやらしい妄想しか浮かんでこない。

いまでも充分に清らかに見えるが、十七歳の彼女は輪をかけて清らかだったに違いなく、そんな彼女にエッチしてくださいとお願いさせたサッカー部のエースストライカーが、羨ましくてしかたがなかった。そんなこと、この世で石油王だけに許される特権だと思っていた。自分はなぜサッカーをやっていなかったのだろうと歯軋《はぎし》りし、幼少時から英才教育を施してくれなかった親を恨んだ。

「航平さんって……」

柚奈が小声でささやいてきた。

「どういうエッチが好きなんですか？」

「えっ……普通だよ。好きな人と愛情にあふれるやつが好きだね……体を重ねるっていうより、情を重ねるっていうかさ……」

俺もよく言うぜ、と航平は胸底でつぶやいた。それは憧れであって、経験したことはまだない。

「体位とかは？」

「あのね」

つい声が尖ってしまう。

「さっきからキミはちょいちょい露骨なこと言いすぎるよ。だいたい、僕が好きな体位を知ってどうしようっていうんだ？」

「オカズですよ」

「はっ？」

「オナニーのオカズ……わたしこれからオナニーしようと思うんです。航平さんに抱かれているところを想像して……前から入れるのが好きかしら？」

柚奈はこちらに向けて、ゆっくりと両脚を開いていった。M字開脚になり、純白のパンティがぴったりと張りついている股間を、中指一本ですうっと撫でた。

「それとも騎乗位？」

膝立ちになって、サンバを踊るように腰を前後に動かした。

「意外にバック好きだったりして……」

四つん這いで尻を突きだされ、航平の息はとまった。

キューティクルでつやつや輝いている長い黒髪も、透明感のある白い素肌も、反抗期チックな態度さえ、彼女の若さの象徴だった。しかし、そんなものは露払《つゆはら》いであり、尻こそもっとも潑剌《はつらつ》とした若さが感じられるパーツだったと思ってしまった。

パンパンにふくらんでいた。肉がつきすぎているから、ちょっと動いただけでムチッと音がしそうだ。ヒップがボリューミーなせいで、腰がやけにくびれて見える。丸さの際立つ尻から太腿に続くラインが悩殺的で、震えるほどに興奮してしまう。

ちょっとダサめの白いパンティは、丸々とした尻の双丘をすっぽりと包んで、股布には縦皺が寄っていた。しっかりと股間に食いこんでいないせいだろう。引っぱりあげて、食いこませてやりたくなる。

「でも……」

柚奈はこちらに向き直って正座した。

「入れる前に、まずは愛撫ですよね？　おっぱいたくさん揉んでくれるほうですか？　わたしはたくさん揉まれるのが大好き。最初はやさしく、でもわたしが感じてきたら、いやらしい声を絞りだす感じで、ぎゅうっと……」

両手を背中にまわし、ブラジャーのホックをはずした。しなをつくって肩のストラップを一本ずつ落とし、はらりとカップをめくった。頂点を、揃えた二本の指で隠していた。中指と人差し指を使い、左右の乳首どちらもだ。まるで熟練のストリッパーのように、挑発的な隠し方である。

「乳首って、女の子の体の中でも特別ですよね。やさしく舐めたり吸われたりしたら、はしたないくらいパンツ汚しちゃう。あとわたしは、ピストン運動されながら乳首をいじられるのが好き。後ろから突かれながら乳首をきゅうっとひねられると、十秒くらいでイッちゃいますよ」

言いながら、揃えた二本指をパッ、パッと開いては閉じる。穢《けが》れを知らないような薄ピンクの乳首が、瞬間的に航平の眼を射つ。一瞬でも、残像は脳裏にくっきりと刻みこまれる。可愛い顔して乳首まで薄ピンクなんて、いったいどこまで清らか系の女なのだ。その一方で、振る舞いは憎たらしいくらいに性悪《しょうわる》……。

た挟み……。

「カニさんごっこしまーす」

中指と人差し指をカニの爪になぞらえ、乳首を挟んだ。挟んでは開き、開いてはま

「やーん、乳首硬くなってきちゃった」

眼の下をピンク色に染め、息をはずませながら言った。もはや眼つきは完全におかしくなって、いまにも焦点が合わなくなりそうだったし、物欲しげな半開きになった唇が、二十歳という年齢にそぐわないほどセクシャルだ。

もうずいぶん長い間、航平は呼吸をすることを忘れていた。脳味噌が酸欠を起こし、激しい眩暈《めまい》が襲いかかってきた。

しかし、集中力を切らしてはならなかった。柚奈に眼は向けていても、頭の中ではいままで観た中でいちばん怖いホラー映画を再生していた。人の皮を剝いでつくった仮面を被った大男が、チェーンソーを唸らせながら襲いかかってくるやつだ。航平は想像の中で、もう何度も切り刻まれていた。不思議なことに、いくらチェーンソーで切られても、自分の体から血が噴きだすところをイメージできなかった。

全身の血液が、別のところに集中していたからだ。

航平は勃起していた。痛いくらいだった。まだ十分くらいしか経っていないのに、

勝負はついてしまったのである。

5

オーバーサイズのストリート系デニムならともかく、生地の薄いスーツのズボンで勃起を隠すことはできなかった。

目敏《めざと》い柚奈が見逃すはずがなく、航平は一敗地にまみれた気分だったが、どういうわけか指摘してこなかった。てっきり勝ち誇った笑みでも浮かべるものだとばかり思っていたのに、自慰を続けている。せつなげに眉根を寄せたいやらしい表情で、双乳を揉みくちゃにし、乳首をいじりまわし、ハアハアと息をはずませている。

いったいどういうつもりなのだろう？

「ねえ、航平さん……わたしもう、我慢できなくなってきちゃいました……パンツ脱いでもいいですか？」

疑問形で訊ねてきつつも、柚奈は航平の言葉を待たずに、白いパンティの両脇に指をかけた。体を丸め、股間を隠しつつ、パンティを脱いでいった。股間は隠しても、尻は見えていたから、航平の興奮はレッドゾーンに迫っていった。ムチムチなだけではなく、まるで剝き卵のようにつるつるだ……。

「やだもうっ……」

柚奈は体を丸めたまま、右手で股間をまさぐりはじめた。

「すごい濡れてる……もうびしょびしょ……それに熱い……」

背中を丸めてこちらに尻を向けているから、航平からは股間の様子はうかがえない。

しかし、ぴちゃぴちゃと猫がミルクを舐めるような音がたちはじめると、

「いやーん、音が出ちゃう……」

柚奈は恥ずかしげに言いながら、上になっているほうの脚を少しあげた。指と花びらの戯《たわむ》れはまだ見えなかったが、アヌスが見えた。薄紅色だった。アヌスは性器ではないという理由で、AVでもモザイクはかかっていない。よって、いままで数多《あまた》の女のアヌスを見てきたはずだが、これほど綺麗かつ清らかな尻の穴を航平は見たことがなかった。

「ねえ、見えます？　指でいじってるところ、見えちゃいます？」

柚奈に挑発的なまなざしを向けられ、航平はついに我慢の限界に達した。これ以上忍耐力を発揮するのは神様でも無理だろうと思った。

「あっ、あのさっ……」

上ずった声で言った。

「こっちはもう、勃起してるんだけど……」

「えっ？」

柚奈はおとぼけ顔で返してきた。

「それじゃあ、航平さんの負けになりますよ？」

「そっ、そうだね……そうだよ……僕の負けだ……」

自分でも滑稽なほど、航平の鼻息は荒くなっていた。偉そうに説教をした相手に欲情してしまうなんて、男として恥ずべきことだろう。しかし、負けたということは、セックスをするということなのである。目の前にある若く清らかな体とひとつになり、腰を振りあえるのである。

「じゃあ、わたしとエッチしてくれるんですね？」

ヘッドバンキングのような勢いで、航平はうなずいた。

「わたし、エッチの前のルーティンがあるんですよ。付き合ってもらってもいいですよね。ってゆーか、してくれないとエッチできないんですけど……」

「なっ、なんだい？」

「全裸で土下座して、エッチさせてくださいってお願いしてください」

「えっ……」

航平はさすがに絶句した。

「わたしを抱いた男の人には、たとえ還暦すぎた会社の社長さんでも、もれなくやってもらってるルーティンですから。そうそう、田所さんなんて三時間も土下座してましたよ。あんまり乗り気じゃなかったのに、それでちょっとほだされちゃったんですよねえ……」

まったくこの女は――怒りで体が震えだした。と同時に、柚奈が友達の恋人であることを思いだした。そういう女を抱いてもいいのか、と罪悪感が胸で疼いた。だいたいこの女は、人妻のくせにパパ活に精を出しているビッチなのである。見た目は清純でも、腹の中は真っ黒で、男を翻弄《ほんろう》して悦《よろこ》んでいる性悪なのだ。

帰ろうと思った。ここで一時の欲望に負けては、男のプライドがズタズタにされそうだし、田所に合わせる顔がなくなる。そんなことになるくらいなら、自宅のベッドでオナニーしていたほうがマシだ。

だが、そのとき……。

「早くしてくださいよぅ」

柚奈がこちらに向けて両脚を開いた。M字開脚だ。自慰をしていたはずの右手は、股間に置かれていなかった。

「わたしもうびしょびしょで、オチンチン欲しくてしょうがないんですからぁ」

航平はあんぐりと口を開き、まばたきも忘れて柚奈の股間を凝視した。手で覆われていなかっただけではなく、毛でも覆われていなかった。真っ白いパイパンの恥丘がこんもりと盛りあがり、その下では蜜に濡れたアーモンドピンクの花びらが、蝶々のような形に開いていた。

「ナチュラルなんです。エステとかで処理してるわけじゃなくて、子供のころからずっとこのまま。処女を捧げたサッカー部のエースストライカーも、ここだけは褒めてくれました。眼を丸くして、こんなの初めて見たって……」

ぱっくりと開いた花びらの間で、薄桃色の粘膜が淫らがましく光っていた。たっぷりと蜜をしたたらせ、ひくひくと熱く息づいている。まるでペニスを欲しがっているように……。

航平はソファから立ちあがり、服を脱ぎはじめた。友達の彼女とか人妻とかビッチとか、そんなことはもう、どうだってよかった。要するに、正気を失ってしまった。

生まれて初めて見た生身のパイパンには、それほどの破壊力があった。

子供のころから無毛というが、おそらく少女時代といまとでは、その景色はまったく違うものだろう。たとえ毛が生えなくても、性器は成長する。花びらが大きくなって、立って太腿を合わせても、はみ出すくらいに……。

「エッチさせてください」

床で土下座した。絨毯《じゅうたん》に額をこすりつけた。大人になってから初めて土下座をしたが、屈辱なんて感じなかった。正気を失うほど興奮していたからである。

「そんなにわたしとしたい？」

「したいです」

「バチが当たるとかなんとか、言ってなかったですか？」

柚奈が近づいてくる気配がした。背中にまたがられた。背骨のあたりに、股間があたっていた。ヌメヌメといやらしいほどよく濡れて、卑猥なくらい熱を放っているのを、はっきりと感じた。

「ねえねえ、わたしってバチがあたるの？」

「すいません。口がすべりました」

「もう馬鹿にするようなこと言わない？」

「言いません」

「田所さんの件も、うまく処理してもらえる？」

「おまかせください」

「じゃあ、前に進んで」

航平は柚奈を背中に乗せたまま、馬になって前に進んだ。背中にヌメヌメした花びらを感じるほど、股間のペニスは硬くなっていった。一歩ごとにぶんぶん揺れ、湿った音をたてて下腹を叩いた。

柚葉が向かった先は、バスルームだった。清潔感満点の二十歳は、セックスの前にお互いの体を洗浄するのもルーティンなのかもしれなった。しかし、どうやらそうではなさそうだ。

「どうせなら、ドラマチックなエッチがしたいじゃないですかぁ」

柚奈は言ったが、バスルームでのセックスにどんなドラマが待ち受けているのか、航平にはさっぱりわからなかった。

6

「座ってください」

柚奈に言われ、航平はバスルームの床に正座した。高級マンションのバスルームだけに、異様にスタイリッシュだった。普通の家の倍くらい広いスペースが、黒を基調にデザインされている。床が黒い大理石なら、湯船まで黒だ。女の白い肌を映えさせるという意味ではこれ以上のデザインはないかもしれず、間接照明はまるで高級ホテルのバーのようにムーディ。

「いきますよ」

柚奈はシャワーヘッドを持って、湯を出した。それはそのまま、航平の頭にかけられた。セックスの前に髪まで洗うなんて、やはり極端な潔癖症なのかもしれないと思ったが、湯は次第に頭ではなく顔に向かってきた。

顔を洗うのはやぶさかではなかったが、湯の勢いが強かった。シャワーヘッドがひどく近い位置にあり、なんというか、意地悪をするようにかけてくる。

「つっ、強いですっ……強いですよっ……」

航平はしきりに手で顔を拭いながら、情けない声を出した。多少の悪戯《いたずら》なら甘んじて受けとめるつもりだが、湯が強すぎて呼吸すらままならないのだ。

「苦しいですか？」

柚奈が訊ねてきたので、

「苦しいっ！　苦しいよっ！」

航平はほとんど涙声で言った。

「じゃあやめます？」

湯が顔からそらされた。航平は手で顔を拭いつつ、彼女を見上げた。シャンプーなどを置くカウンターに、片足をのせていた。体はこちらを向いている。つまり、股間を開いて、出張らせていたのである。パイパンの股間を……。

柚奈はバスルームに入る前に、長い黒髪をアップにまとめていた。剝きだしになった首筋に湯をかけながら、つまらなそうに言った。

「これくらいで弱音を吐くなら、もう帰ってもらおうかな……」

首筋にかかった湯が、肩や胸、さらには腹部を経由して、パイパンに流れこんでくる。湯玉をはじくという表現しか思いつかない、ぴかぴかの白い素肌にも圧倒されたが、アーモンドピンクの花びらからポタポタと湯がしたたる様子は、この世のエロスが塊《かたまり》になってそこにあるようだった。

「帰ります？」

航平は首を横に振った。

「じゃあもう、弱音は吐かない？」

自信はなかったが、うなずくしかなかった。

「舐めてください」

柚奈は自分の股間に湯をかけながら言った。

「わたしいつも、シャワーかけてオナニーしてるんですよ。シャワーに負けないくらい、気持ちよくして……」

航平はコクコクとうなずきながら、パイパンの股間に顔を近づけていった。柚奈は腹部にシャワーヘッドを向けているから、湯はこんもりとした恥丘を経由して、割れ目に流れこんできている。

舐めると、いつもの味と匂いがしなかった。すべて湯で流されてしまっているようで、くにゃくにゃした感触だけが舌に残る。感触だけでも、いや感触だけであるからこそなのかもしれないが、いやらしすぎて鼻息が荒くなる。夢中になって舐めまわしてしまう。

するとは柚奈は、また顔に湯をかけてきた。眼が見えなくなり、口はもちろん、鼻にまで湯が入ってきそうになった。

また息ができなくなったが、心は折れなかった。こんなドS女に負けるわけにはいかなかった。航平は溺れた犬のようになりながらも、懸命に舌を伸ばして花びらの間を舐めた。早くクリトリスに辿《たど》りつきたかった。女の急所を舐めまわしてやれば、さすがの柚奈もドSではいられまい。

「あんっ……」

予想通り、クリトリスに舌先が到達すると、シャワーの湯は顔ではないところに向けられた。

「そっ、そこ、いいっ……気持ちいいっ……」

柚奈の声がにわかに色っぽくなったので、航平は手応えを感じた。こちらは欲求不満の人妻に、仁王立ちクンニから顔面騎乗位まで仕込まれているのである。下になって舐めるのは、むしろ得意なのだ。ここから反撃開始だ。

まだ包皮を被っている肉芽をねちっこく舐めまわしつつ、割れ目に右手の中指を沈めていく。ヌプヌプと指先で穿《うが》っただけで、湯とはまるで質感の違う、発情の蜜があふれてきた。

それを潤滑油にしてさらに奥まで指を差しこみ、中で鉤《かぎ》状に折り曲げてGスポットを探しだした。内側の肉壁のざらついた凹みを、ぐっ、ぐっ、ぐっ、と押しあげながら、包皮から顔を出しかけたクリトリスを、執拗に舐めまわす。

「ああっ、いやっ！　あああっ、いやあああっ……」

恥丘を挟んでの急所二点攻撃に、柚奈はあっという間に我を失っていった。握っていたシャワーヘッドを床に落とし、それが頭を失った蛇のように湯を噴射しながらのたうちまわる。

性欲も強ければ、好奇心も強そうな彼女だから、まだ若いのに感度も最高らしい。こちらが送りこむリズムに合わせて、クイッ、クイッ、と腰をひねりだした。清純派のルックスをしているだけに、その姿はたまらなく滑稽だったが、それゆえにエロくもある。はっきり言って、いやらしすぎる。

「いい眺めですよ」

航平が下から笑いかけると、

「いやっ！」

柚奈は顔をそむけた。その横顔には、嘘のない羞恥心が浮かんでいた。性悪なビッチなくせに本気で感じはじめると恥ずかしがるとは、いったいどこまで挑発的な女なのだろう。

「もっ、もういいから、ベッドに行きましょうっ……ねっ？　クンニはもう充分だからっ……」

「遠慮することないじゃないですか」

航平はニヤニヤがとまらなかった。ベッドになんて行くわけなかった。行ってもいいが、それはいままでなぶられたお返しをしてからだ。

柚奈の中に指を入れたまま立ちあがり、反対側の壁のほうにうながした。そこには大きな鏡が貼りつけられていた。黒で統一されたスペースを広く見せるための工夫だろうが、いまの航平にはセックスの小道具にしか見えなかった。

「眼をそらさないでくださいよ……」

柚奈の体を鏡の正面に向け、片足を浴槽の縁にのせさせた。

「ふふっ、こうすると、いやらしいダンスを踊りたくなりますから」

肉穴に埋めこんだ中指を、出したり入れたりした。時折Gスポットに圧をかけつつ、親指でクリトリスをいじってやると、

「あああああーっ！」

柚奈は悲鳴をあげ、腰をくねりにくねらせた。下を向いてひいひい言っているが、時折鏡を見ていた。見るたびに、下を向いた顔が赤く染まっていく。

「そう言えば、さっき面白いこと言ってましたね？」

航平は床に落ちていたシャワーヘッドを拾いあげた。それを左手に持ち、クリトリスに湯をかけてやる。もちろん、右手では肉穴を責めつづけている。

「はっ、はぁあああああーっ！」

柚奈は眼を見開いて甲高《かんだか》い悲鳴をあげた。

「そっ、それはダメッ……それは許してっ……おかしくなるっ……そんなことされたらおかしくなっちゃううううーっ！」

おかしくするためにやっているのだからいっこうにかまわない、と航平は興奮の最中で思った。ずいぶんと気持ちよさそうだった。嘘ばっかりついていそうな女だが、シャワーでオナニーをしているという話は、嘘ではなかったらしい。

航平はクリトリスに湯をかける角度を調整し、いちばん反応の激しいポイントを探しだした。と同時に、肉穴に埋めこんだ指を二本にし、本格的にGスポットを刺激しはじめる。二本指を鉤状に折り曲げ、指先を凹みに引っかけるようにずぼずぼと出し入れしてやる。

「ダッ、ダメッ……ダメダメダメえええええっ……」

柚奈は真っ赤になって泣き叫んだ。

「もっ、漏れるっ……そんなにしたら漏れちゃううううーっ！」

言葉が終わる前に、股間から潮《しお》が噴射した。ピュピュッ、ピュッピュッ、と鏡に向かってしずくが飛んだ。

潮吹きなんてAVでしか見たことがなかったので、航平は眼を見張った。感動と興奮に駆られながらしつこく指を出し入れし、潮を吹かせつづける。柚奈は白い喉を突きだして、悶絶するばかりだ。

「あああっ……あああっ……」

指を抜いてやると、柚奈はその場に崩れ落ちそうになった。航平は許さなかった。腰をつかんで立たせたまま、両手を鏡につかせ、立ちバックの体勢を整える。まだ激しく息をはずませている柚奈を、後ろからずぶずぶと勃起しきったペニスで貫いていく。

「休むのはまだ早いですよ、お漏らしのお嬢さん」

「あっ、あおおおおおおーっ！」

パンパンッ、パンパンッ、と連打を打ちこむと、柚奈は清純な顔に似合わない獣じみた声をあげた。潮吹きからの結合、そしてピストン運動という展開がどれほどの快楽に満ちているのか、男の航平にはわからない。だが、柚奈を見ている限り、快楽の海に溺れかけていることは間違いなかった。両脚は震えっぱなしだし、鏡に映った顔は耳まで真っ赤だった。そこにはもう、男に土下座させてセックスを求めさせた小悪魔の面影はない。

とはいえ、自分もこのまま快楽の海に溺れてしまおうという気にはなれなかった。

航平にとって、これは初めて自分がリードするセックスだった。いままでは年上の人妻に翻弄されてばかりいたが、男という生き物は本能的に女をコントロールしたいものなのかもしれない。自分の力で我を忘れさせ、ひいひい言わせていることに、たとえようもない悦びを覚えていた。

左手にはまだ、シャワーヘッドを持っていた。湯も出ている。それを結合部にあててやると、

「はっ、はぁおおおおおーっ！」

柚奈は鏡に向かって絶叫した。

「そっ、それはダメッ！　それはダメだってばーっ！」

泣きを入れるのはまだ早かった。彼女が先ほど自分の弱点を告白したのを、航平は忘れていなかった。

左手でシャワーを股間にあてつつ、右手で後ろから乳房をすくいあげた。若さを誇るように丸々と実った隆起に指を食いこませ、先端で物欲しげに尖っている乳首をつまみあげる。きゅうっと押しつぶしてやると、

「くぅうううううーっ！」

柚奈は生々しいピンク色に染まった首を振りたてた。パンパンッ、パンパンッ、と

連打は続いている。それを受けとめている柚奈の下半身は、いやらしいほど痙攣し、いまにも膝が折れてしまいそうだ。

「おっ、おかしくなるっ！　おかしくなっちゃううううーっ！」

「じゃあ、やめますか？」

航平は乳首をつまんだ指から力を抜き、シャワーの湯を股間からはずした。さらに腰の動きもスローダウンさせて、ペニスを半分ほど抜いてしまう。

「いっ、いやっ！」

間髪入れず、柚奈が叫んだ。

「やっ、やめないでっ……くださいっ……」

「イカせてほしいのかな？」

鏡越しに、コクコクとうなずいて見せる。後ろから突かれながら乳首をいじられると十秒でイッてしまうと豪語していた柚奈である。すぐにでもイッてしまいそうなのは、肉穴の締まりで伝わってきた。

「じゃあ、土下座してイカせてくださいってお願いしてもらおうかな」

柚奈はぐにゃりと顔を歪め、

「あとでしますからっ……」

いまにも泣きだしそうになりながら言った。

「イカせてくれたら、あとでなんでも言うことききからっ……先にっ……先にイカせてくださいっ……」

絶頂欲しさにボロボロと涙まで流しはじめたので、航平はそれ以上意地悪ができなくなった。ヴィジュアルが可愛い女は本当に得だ。中身は性悪なビッチでも、そんなふうにねだられたら求めているものを与えてやりたくなる。

シャワーの湯を股間に戻し、乳首をつまんだ指に力をこめた。パンパンッ、パンパンッ、と音をたてて連打を再開すると、柚奈はあられもない悲鳴をあげ、一足飛びに絶頂に向かって駆けあがっていった。

第五章　ライブの後はローター

1

結婚しようとしていた女が実は人妻で、さらにパパ活に精を出しているビッチだということを友達に伝え、彼を傷つけない方法を、航平は知らなかった。

嘘をついたり、オブラートに包んだりすると、話はややこしくなるばかりだろうと判断し、田所には事実をそのまま伝えた。さすがに自分も彼女と寝てしまったことだけは言えなかったが、それ以外はストレートに……。

「そういうわけだから、結婚は断念したほうがいいよ。もらい事故にでも遭ったと思って、諦めるんだね」

「ふざけんなっ！」

怒り狂った田所に、航平は殴られた。しかたがなかった。柚奈を抱いてしまった罪滅ぼしだと思って、黙って痛みに耐えた。

「くだらねえ嘘ばっかつきやがって。どうせおまえも彼女のことを好きになったんだろう？　絶交だ。二度と顔も見たくない」

そう言い放った田所は、当然のように柚奈にすぐ事実確認したらしい。電話には出てもらえず、「航平さんが言っていることは全部本当の話です」という素っ気ない文章がＬＩＮＥで送られてきて、その後はいっさいの連絡を絶たれたという。

「殴ったりして悪かったな、航平……」

田所に呼びだされ、夜の公園で話をした。ファミレスや居酒屋で会わなかったのは、彼の希望だった。明るいところで泣き顔を見られたくなかったのだろう。ずっと肩を震わせて、目頭を手で押さえていた。

「俺は本気で彼女のことを愛していたんだ……本気で彼女を……」

いつまでも泣きやまない田所にかける言葉もなく、航平はただ側にいてやることしかできなかった。心から同情していたが、正直に言えば、田所のことが少し羨ましくもあった。
二、三カ月の短い付き合いだったらしいが、その間、田所は柚奈と恋人同士だったのである。柚奈の悪事が露見したいまとなっては、全部嘘だったということになるかもしれないけれど、ドキドキするような恋の時間をふたりで過ごしたのも事実なのである。見かけだけはとびきり清純そうな彼女をもち、生涯を添い遂げることに思いを馳せた、幸福な時間だったに違いない。

それならそれでいいではないか、と思ってしまうのは、航平がまだ恋を知らないせいだろうか。嘘であろうがなんであろうが、夢を見たことには変わりない。映画だって嘘と言えば嘘だが、心揺さぶられる作品はある。自分が主人公となり、素敵なラブストーリーを演じることができたのであれば、★が五つの映画を観た以上に素晴らしい人生経験ではないか。

「なあ……」

ようやく泣きやんだ田所が、封筒を差しだしてきた。

「これ、受けとってくれないか？」

「なんだい？」

航平は封筒の中を見た。ライブのチケットらしきものが二枚入っていた。

「彼女が好きなバンドだって言うから、けっこう苦労して手に入れたんだ。でもまあ、こういうことになっちまったから……」

自分たちのかわりに行ってほしいらしい。

「ま、いいけどね……」

航平は安請け合いしたことを、すぐに後悔させられた。ヘビーメタルバンドのライブだったからである。

最近人気急上昇中の〈XYZ〉というバンドらしいが、航平は知らなかった。そしてヘビーメタルには、あまりいい印象はない。耳をつんざく爆音で演奏し、ヴォーカルが叫び散らしているのはまだいいとして、あの格好に嫌悪感を覚える。汚らしい長髪におぞましいメイクにギラギラのファッション——まったく相容れなかった。

とはいえ、田所の気持ちを考えるとチケットを捨ててしまうわけにもいかず、一緒に行ってくれる人を探してみたものの見つからないまま、当日はひとりでライブ会場に向かった。

雨が降っていた。

すでに春は過ぎ去り、初夏も終わりに近づいていたので、雨そのものも鬱陶《うっとう》しかったが、湿度の高さはそれ以上だった。傘を差して歩いているとスーツの内側がひどく蒸れて、不快感が急上昇していった。

会場は新宿の繁華街のはずれにあるライブハウスだった。ライブハウスにしては五百人以上収容できる比較的規模の大きなところだが、会場の前にはチケット難民があふれていた。

〈XYZ〉の人気に火がついたのはごく最近のことで、いまなら二千人規模のコンサートホールでも満員にできるようだが、ライブのブッキングは人気が出る前にされたらしく、プレミアチケット化してしまったのだ。それに、人気に火がついたということは今後コンサートホールでしか演奏しないことが予想されるわけで、いまのうちにライブハウスで見ておきたいというファン心理も働いたのだろう。

しおらしい顔で「チケット譲ってください」と書かれた紙を首からぶらさげているバッドボーイもいれば、路上で泣きだしているバッドガールもいた。

航平はチケットを二枚もっていたので、一枚売ってもかまわなかった。しかし、なにしろヘビメタバンドの熱狂的ファンだから、競うようにおかしな格好をしている。ハロウィンかよ？　と突っこみたくなるほど珍妙な連中ばかりなので、怖くて近寄れない。べつに売ることもないかと入場待ちの列に並ぼうとすると、

「あのう……」

上着の背中を引っぱられ、航平はビクッとした。恐るおそる振り返ると、女が立っていた。

「チケット譲っていただけませんか？」

下を向いてボソッと言った。黒革のライダースーツを着ていた。しかしそれ以外はごく普通で、長い黒髪はさらさらと清潔そうだし、化粧も薄い。黒革のライダースーツにしても、借り物のように似合っていなかった。

「わたし、どうしても今日のライブが見たいんです。〈XYZ〉に出会ったのは運命だと思うんです。人生におけるターニングポイント……そういうのってあるじゃないですか？」

口調が自信なさげで遠慮がちなのはいいとして、彼女はどう見ても三十歳を過ぎていた。いまの台詞《せりふ》は、女子中高生が言うならわかるが、いい大人の口から放たれると、ちょっと痛々しい。

どうしたものかと思った。ライブはオールスタンディングなので、チケットを譲ったところで隣の席になるわけではない。よって「隣の女恐怖症」が発動することもないだろうが……。

「すいません！」

今度は顔を白塗りにした別の女に腕をつかまれ、航平はギョッとした。

「チケット余ってるんですか？　倍額で買いますから、売ってもらえません？」

「ちょっと……」

黒革のライダースーツが、白塗りを睨みつけた。内気そうに見えるのに、このときばかりは眼を吊りあげて……。

「いまわたしがお話しているんです。順番を守ってください」

白塗りは「ケッ」と吐き捨ててその場から離れていき、黒革のライダースーツは少しの間もじもじしてから、意を決したように耳打ちしてきた。

「実はわたし、あんまりお金もってないんです。倍額どころか正規の料金も払えないんですけど、それでもどうしても見たいんです」

航平はさすがに唖然とした。言葉を返せずにいると、

「だから、その……チケット譲ってくれるなら……エッチしてもいいです」

「なっ、なにを言ってるんだ……」

航平はひきつった顔で苦笑するしかなかった。尻の軽いバンギャならそういうこともしているのかもしれないけれど、彼女はそういうタイプには見えない。分別のある大人の年齢なのに……。

「お願いします！」

拝むように両手を合わせて頼まれ、

「わかりましたよ……」

航平はチケットを一枚渡してやった。誓って言うが、彼女とセックスしたいわけではなかった。魅力がなかったという意味ではなく、そういうことを考える前に、ほだされてしまったのである。

航平も中学生時代、どうしても行きたかったアイドルのコンサートに、お金がなくて行けなかったことがある。親に土下座しても無理だった。いま思えばたいしたアイドルでもなかったし、どうしてあんなに行きたかったのかよくわからないが、行きたくても行けなかった悔しさはけっこうなトラウマとなり、それから二年くらい、親とはまともに口をきかなかった。

2

開演前の会場に入ると、熱気がすごかった。いかにもこれからスターダムに駆けあがっていくバンドの演奏が始まるという雰囲気で、そこに雨降りの湿気も重なり、まさしく熱気むんむんだ。

「わたし、約束は守りますから」

綾音《あやね》と名乗った女は、そう言って航平の手を握ってきた。

「前に行きますけど、絶対に離れないで隣にいてくださいね」

「いや、あのっ……」

航平は苦りきった顔になった。チケットは譲るがセックスはしなくていいと、入場前にはっきり伝えた。にもかかわらず、綾音はずっと航平についてきて、会場に入ると手を握ってきたのである。

眼つきが変わっていた。ライブが始まる前の興奮でアドレナリンでも出ているのかもしれなかったが、それとセックスは別問題だろう。諭《さと》そうとしても、綾音は航平の手をぐいぐいと引っぱり、ステージに近づいていく。

だいたい、前になんて行きたくなかった。ヘビメタのライブなんて、遠巻きに眺めているくらいでちょうどいいのだ。ステージに近づいていくほど、本気のファンが群れを成している。汚らしい長髪におぞましいメイクの連中が、さっさとライブを始めろと奇声をあげ、拳を突きあげている。怖い……。

そんな気持ちも知らぬげに、綾音もステージに向かってなにか叫びだした。おそらくメンバーの名前だろうが、その声量に度肝を抜かれた。会場の外では内気に見えたのに、完全にスイッチが入ってしまっている。

思わぬ流れで、今日会ったばかりの女と隣り合ってヘビメタのライブを観ることになってしまった。

客電が消え、ライブが始まった。爆音が耳をつんざき、連打されるバスドラムの重低音が内臓を揺さぶる。航平は早々に逃げだしたくなったが、綾音にしっかりと手を握られていたので後ろにさがれない。

その綾音はファンとともに掛け声をかけて、ヘッドバンキングに興じている。首が折れそうな勢いにもたじろいだが、航平の眼を釘づけにしたのは黒革のライダースーツに包まれたボディだった。

一見して借り物に見えたが、ぶかぶかではなく、ピチピチなのだ。あきらかにワンサイズ小さいものに、体がねじこまれている。うつむきがちな態度のせいで気がつかなかったが、よく見ると、綾音は凹凸に富んだグラマーなスタイルをしていて、バストもヒップも太腿もかなりボリューミーだ。踊りだすと、ピチピチどころかパツンパツンになって、すさまじくエロティックだった。

ボディに視線を奪われてしまった理由は、それだけではなかった。まわりにはヘビメタギャルがいっぱいいたが、綾音だけが群を抜いて濃厚な色香を振りまいているのだ。ギャルと呼ぶには年がいきすぎている、からだけではなかった。綾音は右手で航平の左手を握っていた。ステージのヴォーカルの煽《あお》りを受けると、左手の拳を高々と突きあげた。

キラリと光るものがあった。左手の薬指に銀色の指輪を嵌《は》めていた。つまり彼女は、人妻だったのだ……。

航平はなんとも言えない気分になった。べつに人妻がヘビメタのライブでヘッドバンキングをしていたところで、馬鹿にするつもりはない。年齢にとらわれず好きな音楽を追求できるなんて素晴らしい、と思わないこともない。

ただ、まわりにいる航平より年下の連中が、青春期特有の不安や焦りを爆音で吹き飛ばそうとしているのに対し、綾音はもっと別のなにかを吹き飛ばそうとしているように見えた。動きの量は一緒でも、質が違うように感じられた。

ライブが終わった。

外に出ると雨はやんでいたが、湿気だけはしつこく残っていて、うんざりさせられた。ただでさえ、熱気むんむんの会場に二時間半もいて、全身が汗みどろの状態なのである。ワイシャツの生地が素肌にぴったりと張りつき、上着を脱げば乳首の色が透けて見えそうだった。

スーツ姿の航平ですらその有様なのだから、黒革のライダースーツに身を包み、おまけに二時間半、絶え間なく動きつづけていた綾音は悲惨だった。長い黒髪は風呂上がりのように濡れ、頭から白い湯気でも立ちそうだった。表情もライブの余韻で放心しており、まるでのぼせているようである。

それでも、

「わたし、約束は守りますから……嘘つきにはなりたくないですから……」

うつむいてボソボソ言っている。約束とはもちろん、チケットをタダで渡したかわりに、セックスをさせるという話のことだろう。

人でごった返す会場前を離れた。駅はまだ先だったが、サウナの看板が見えたので航平は立ちどまった。ツイている、と内心で指を鳴らした。

「すいません。僕ここで失礼します……」

微笑を浮かべて言った。

「ハハッ、汗かきすぎて気持ち悪いから、そこのサウナに寄っていきますよ」

紳士面《づら》をしているようで照れくさかったが、いまは性欲よりも汗を流したかった。

綾音にしても、ライブの余韻にひとりで浸りたいに違いない。

「というわけなので……」

手を離してくれるよう、目顔でうながした。まるで罰ゲームのように二時間半も握られっぱなしだった左手は、お互いの汗でヌルヌルし、ふやけそうだった。

「汗を流すなら、あっちにしません？」

綾音は手を離さず、サウナの前のラブホテルを指差した。

「いやいや……そういうのはもういいですから。どうせ余っていたチケットだし、楽しんでいたみたいだから、よかったですよ」

「すごく楽しかったです」

綾音は嚙みしめるように言った。

「三十二年間生きてきて、間違いなくいちばん興奮したライブでした。自分の人生に今日っていう日がなかったらって思うと、ゾッとするくらい……」

いちいち大げさな女だと、航平は苦笑しそうになった。ヘビメタのライブで人生を感じていたら、眠れなくなりそうだ。そして、彼女が自分より八つ年上の三十二歳だとわかった。

「だから、お礼はちゃんとしたいんです……筋は通したいっていうか……」

「いやいや、本当に……」

言いつつも、彼女の気持ちもわからないではなかった。バンドでもアイドルでも、ファンにとって金を使うのは愛情表現なのだ。無料でチケットを手に入れてしまっては、自分の愛に対して後ろめたくなる。

だからといって体まで投げだす必要はなく、大人ならこういう場合、食事を奢《おご》って後ろめたさを解消しようとする。だが、チケット代も払えなかった彼女に、食事をする資金があるかどうか不明だった。ラーメン一杯でチャラにしますよと言ってやりたいところだったが、これほど全身汗まみれでは、それも……。

額から流れてきた汗が眼に入り、指でこすっていると、綾音も同じことをした。眼が合うと、お互い笑ってしまった。

「とりあえず、シャワー浴びません？　エッチするとかしないとか、そういうのは置いておいて……」

綾音が言い、航平は溜息まじりにうなずいた。とにかくこのうだるような湿気の中、立ち話しているのは苦痛だった。サウナでなくてもシャワーを浴び、エアコンの効いた部屋で冷たいビールでも飲めば、天国だろう。天国が眼と鼻の先にあるのに、ぐずぐずしているのは愚か者のすることだ。

3

ラブホテルの建物は比較的新しかった。ロビーのパネルに映っている写真も猥雑な感じではなく、ペンションのようなものだったのでホッとした。

「危なかったですね……最後のひと部屋」

綾音が言い、航平は案内表示に従って、空いている部屋のボタンを押した。ラブホテルに入ったのが初めてなので、鼓動が乱れてしかたがなかった。初めてだということを、綾音に気づかれたくなかった。ラブホテルなんて何度も来たことがあるし、なんなら仕事をサボッて昼寝するためにひとりで利用することもあるんですよ、くらいの余裕は漂わせておきたい。

しかし、じわじわとプレッシャーが押し寄せてくる。パネルの写真はペンションの部屋のようでも、ロビーの片隅にはコスプレ用の衣装がハンガーに大量にかけられていた。カラオケボックスのロビーでも見たことがある光景だが、ここはラブホテル。チャイナドレスやボンデージなど、エロティックな匂いが漂ってくる。その近くのガラスケースには、ヴァイブレーターがずらりと並んでいたりして、ここがセックスを目的にした場所であることを告げてくる。

階上に行くためエレベーターホールに歩を進めると、ボタンを押す前に扉が開き、カップルが出てきた。五十がらみのサラリーマンと水商売ふうの派手な女で、あからさまにすっきりした顔をしていた。ふたりとも、航平と綾音を見て意味ありげに笑った。手を繋いでいたからだろう。

顔が熱くなっていくのを感じながら、ゴンドラに乗りこんだ。狭苦しいうえに照明が暗く、動きの遅いエレベーターだった。壁にはしつこくヴァイブの宣伝チラシが貼ってあった。最新型、振動無限調整、防水機能付き……目指す部屋は七階だった。なかなか着かないので息が苦しくなってくる。

「あっ、あのう……」

航平は上ずった声で言った。

「いい加減、手を離してもらっていいですか？」

「ごめんなさい」

綾音の声は、航平以上に上ずっていた。

「もう少しだけ、こうしててもらってもいいですか？」

「……なんで？」

「こういうところ来たの初めてだから、すごい緊張して……」

マジか？　と航平は胸底でつぶやいた。三十二歳の人妻のくせに、ラブホテルに入ったことがないのだろうか。だがたしかに、門をくぐったあたりから、彼女の様子はおかしくなっていた。自分で誘っておきながら、異常に恥ずかしそうな顔をしている。当たり前だが、女が恥ずかしそうな顔をしていると、男は興奮する。場所が場所だけに、むらむらとこみあげてくるものがある。

落ち着かなければならなかった。綾音に気づかれないように深呼吸をするため、航平は鼻からゆっくり息を吸いこんだ。おかしな匂いがした。先ほどの派手な女の香水の匂い――だけではなかった。セックスをしたばかりの牡《おす》と牝《めす》の匂いかと思ったが、それも違った。

綾音の汗の匂いだった。

長い黒髪が風呂あがりのように見えるほどなので、汗の匂いがしてもおかしくないが、問題はそれがひどくいやらしく感じられたことだ。汗の匂いがこんなにも扇情《せんじよう》的なんて、この女はいったい何者なのだ？

「カッ、カッコいいですね？」

沈黙に耐えられず、航平は声をかけた。

「そのツナギ……オートバイにでも乗ってるんですか？」

「妹からの貰い物なんです」

綾音は濡れた髪をかきあげながら言った。汗がまた、プンと匂った。

「妹が大型バイクに乗ってて……」

「そうですか……」

見立ては間違っていなかったらしい。借り物ではなく貰い物だったが、だからこんなにパツンパツンなのだ。

「にっ、似合ってますよ……」

「本当に？」

綾音が嬉しそうに顔をあげ、視線と視線がぶつかった。お互いに息を呑んでいた。尋常ではない気まずさに航平の心臓は暴れだし、脚まで震えだした。気まずさから逃れる方法は、ひとつしかなかった。

抱きしめてしまうことだ……。

チン、と音が鳴って扉が開いた。ようやく七階に到着した。まったく動きの遅いエレベーターだった。体感では五分以上乗っていた感じだ。

部屋に入った。パネルの写真で見たように、明るく清潔な部屋だった。航平は安堵の溜息をもらしながら、ソファに腰をおろした。

「先にシャワーを使ってください」

「でも……」

「遠慮しないでいいですよ。レディファーストですから」

綾音は申し訳なさそうに背中を丸めて、バスルームに向かっていった。航平はスーツの上着を脱ごうとしたが、白いワイシャツが汗を吸い、乳首の色が完全に透けていた。これでは脱げない。目の前のテーブルに分厚いファイルが置かれていた。ヴァイブを絶賛発売中なのだから、Tシャツなどの着替えも売っているのではないかと思った。だが、ファイルを手に取る前に、その隣にある小さな箱に眼を奪われた。手紙が添えられている。

――よろしかったらお試しください。無料です。

花柄の包装紙を開けてみると、うずらの卵のような形をしたピンク色の球体が出てきた。コードの先にあるスイッチを入れると、球体がぶるぶる震えだした。ピンクローターだった。使ったことはないが、ＡＶではよく見かける。

まったく、と深い溜息がもれた。

このラブホテルは、どこまで大人のオモチャをプッシュすれば気がすむのだろうか。

メーカーとタイアップでもしているのか。それともラブホテルというのはこういうものので、利用者はもれなくヴァイブやローターを使ってはじけているのか。

「あのう……」

不意に綾音の声がして、航平は飛びあがって驚いた。反射的にローターを背中に隠した。ここまで紳士面をしておきながら、ローターなんかをいじっていたら、人格を疑われそうである。

「ジッパーがどうしてもおりてくれなくて、手伝ってもらえませんか？」

綾音は自分の胸を指差していた。彼女が着ている黒革のライダースーツには、喉元から胸の谷間を経由して腹部まで、銀色のごついジッパーがついていた。

「てっ、手伝うって……」

航平は首をかしげながら綾音に近づいていった。至近距離でジッパーを確認すると、汗の匂いがまた、プンと匂った。

「おろしてください」

「いいですけど……」

照れたり恥ずかしがったりすると気まずい雰囲気になりそうだったので、航平は平静を装ってスライダーをつまみ、下におろそうとした。びくともしなかった。

「固いですね、これは……」

「力ずくでお願いします」

「いや、しかし……」

航平は苦笑した。思いきりジッパーをさげた場合、胸のあたりまで開いてしまう可能性がある。ブラジャーが露わになったりしたら一大事だ。

「大丈夫ですから」

綾音が小声でささやいてくる。

「見られても平気なようになってます」

「そっ、そう……」

航平は嫌な予感に震えていた。いきなり下着が出てくる気がしてしようがなかった。普通はTシャツのようなインナーを着けているだろうが、着けない人だっているに違いない。彼女はチケットの借りを、体で返したいと強固に主張していた。これは罠なのかもしれないと思った。ブラジャーや胸の谷間を見せつけて、こちらから理性を狂わせようという……。

とはいえ、生半可《なまはんか》な力加減ではジッパーがおりないのも事実なので、ここで拒んでしまうと、綾音はいつまで経ってもシャワーを浴びることができない。つまり、航平も汗まみれで延々と待たされることになる。

ええい、ままよ——渾身の力をこめてスライダーを引きおろすと、ジジジジという音をたててジッパーが胸元まで開いた。まず眼に飛びこんできたのは、白い色だった。Tシャツではなかった。丸々とした乳房を包みこんでいたのは、水着だった。白いワンピースの……。

「どうせ汗をかくと思っていたので……」

綾音は恥ずかしそうに言いながら、みずからジッパーをさらにおろしていった。下を向いた顔が赤くなっている。

「中に水着を着てきたんです……」

なるほど、それは賢明な判断なのかもしれなかった。女の下着はデリケートそうだから、汗ジミがついてしまうのはよろしくない。水着なら、どれだけ汗まみれになっても平気である。

しかし、なぜこの場でライダースーツを脱いでいくのだろう。顔が赤くなるほど恥ずかしいなら、さっさと脱衣所に行けばいいではないか。ツナギの下に水着なんて頭いいですね、と褒めてほしいのか。

「通販で買ったんですけどね、結局一度も着たことがないやつで……」

綾音はすっかりライダースーツを脱いでしまうと、情けない中腰になって両手で太腿を隠した。そんなことをしたところで、全貌はすっかり見えていたが……。

「シンプルなやつが欲しかっただけなんだけど、なんかちょっと大胆すぎるでしょ、このデザイン……」

航平はまばたきも呼吸も忘れて、綾音の体に熱い視線を注いでいた。たしかに、大胆すぎるとしか言い様がない水着だった。バブル時代のカーレースの華《はな》であった、レースクイーンさながらのハイレグなのだ。現在はレースクイーンでもモーターショーのコンパニオンでも、たいていミニスカ的なものを穿いていたり、そうでなければホットパンツだ。バブルとはなんと素晴らしい時代だったのかと、航平は一時期、古い画像を漁《あさ》りまくっていた。

綾音の着ているハイレグ水着は、胸にスポンサーのロゴこそ入っていないものの、白い生地に銀粉をまぶしたような光沢があった。ライダースーツの上からでもはっきりわかったグラマーなボディラインがこれでもかと強調され、ヒップに至っては肉が半分はみだしている。しかも、バブル時代にレースクイーンをやっていたのはせいぜい二十代半ばまでの若い女だが、綾音は三十二歳の人妻だ。放つ色気が全然違う。

「あっ……」

綾音の視線がソファに向かった。

「あれって……もしかして……」

ピンクローターが転がっているのを発見され、航平は青ざめた。箱に入れる余裕なんてなかったから、剝きだしの状態だ。綾音もそれがなんであるかわかったらしく、眼の下をねっとりと紅潮させた顔で見つめてきた。

「チケットのお礼、受けとってくれる気になったんですか？」

「いや……いやいやいや……」

航平はこわばった顔を左右に振ったが、

「でも……」

綾音の視線が、今度は股間に向かってくる。

「すごい苦しそうですけど……」

航平は勃起していた。汗まみれのボディに白いハイレグ水着というやらしすぎる組みあわせに、勃起せずにはいられなかった。もはや隠す気力もわかないほどの、スーツのズボンを突き破りそうな勢いだった。

「わたし、ああいうの苦手で一度も使ったことないんです……エッチなオモチャみたいなやつ……」

綾音が身を寄せてきて、耳元でささやいた。

「でも、一生の思い出をプレゼントしてもらったんで、今日だけは特別に許してあげてもいいですよ……」

4

金縛りに遭ったように動けない航平から、綾音は一枚一枚服を脱がせていった。もうシャワーを浴びることは忘れてしまったようだった。ブリーフをめくりさげられると、勃起しきったペニスが唸りをあげて反り返り、湿った音をたてて下腹に張りついた。

航平は泣きそうな顔をしていた。まったく情けない有様だった。あれほどお礼など結構という態度をとりつづけながら、結局はこの有様——ペニスは恥ずかしいほど反り返っているだけではなく、鈴口が我慢汁で濡れて、ちょっと触られただけで糸を引きそうだ。

「はい」

綾音がローターを渡してきた。

「なんでも好きにしてください」

航平はローターを片手に、呆然と立ちつくしていた。なぜこんなことになってしまったのか、さっぱりわからなかった。確実なことは、自分が痛いくらいに勃起していることと、目の前の人妻がほとんど猥褻と言っていいようなハイレグ水着を着て、汗まみれで立っていることだけである。

「けっ、結婚してるんですよね……」

考えもなく、ポロッと言ってしまうと、綾音はハッと眼を見開き、手で口を押さえた。

「どうしてわかったんですか？」

「指輪してるじゃないですか」

「そうか……そうですよね……」

綾音は自嘲意味に弱々しく笑った。

「でも、あんまり健全な夫婦じゃありません。わたしはバンギャで……今日はひとりだったし、急に来ようと思ったから、おとなしい格好してましたけど、いつもはもっとメイクとかもしてて、週に一度はライブ通い……夫はてっちゃんなんです。撮り鉄ってわかります？　鉄道の写真を撮るために旅行ばっかりしてる人……お互い趣味に生きてるんで、なんかもう、夫婦っていうより、家賃を折半している同居人みたいな感じ」

「仲よくないんですか？」

「どうだろう？　あんまり口もきかないし、そもそも会うことも少ないから……夫は夜勤の仕事なんで、生活のリズムが反対で……」

「じゃあセックスは……」

「そんなのレスですよ、レス。もう三年くらい……」

綾音は顔をそむけてしれっと言ったが、その横顔にはなんとも生々しい欲望が見え隠れしていた。

「ご主人と三年もレスってことは、セフレがいるとか？」

「まさか」

睨まれた。

「セックスなんてもういいや、って思ってたし……」

嘘の匂いがした。白いハイレグ水着に熱い視線を受けて、綾音はもじもじと体を揺すっている。早く触ってと急かすように……。

セックスなんてもういいと思っていたが、いまはそうではない。ライブで興奮した勢いで、久しぶりに羽目をはずしてしまいたい——それが本音なら、やはりこれは罠だったのだ。ジッパーがさがらなかったのは本当だろうが、目の前でライダースーツを脱いだのは、こういう展開を期待して……。

だが、そんなことはもう、どうでもいいことだった。全裸になってペニスを反り返している以上、航平にしてもいつまでも話をしているわけにはいかなかった。ローターのスイッチを入れ、綾音に身を寄せていった。ローターデビューは、耳からにした。ぶるぶる震えている球体を、そっと耳殻に触れさせると、

「あああああーんっ！」

綾音はびっくりするほど大きな声をあげた。ライブで二時間半も声をあげつづけたあとなのに、この声量はすごすぎる。喉が強いのかもしれない。それにしても、触れているのはまだ耳である。いくらなんでも大げさすぎないか？

ところが、首筋や胸元、あるいは二の腕のようなどう考えても性感帯ではないようなところにローターをあてても、綾音は大声を放った。ただ単に声が大きい人なのかとも思ったが、そうではないらしい。

顔の紅潮がみるみるうちに耳から首筋まで及び、瞳がねっとりと濡れていった。せつなげに眉根を寄せてこちらを見る眼にはもう、ヘビメタの爆音に乗って拳を突きあ

げていた彼女ではなかった。

女の顔をしていた。三年間も溜めこんでいた欲望がいま、彼女の中で溶けだそうとしている——それがはっきりと伝わってきた。

「ううう……」

自分の声が大きすぎることに気づいた綾音は、恥ずかしさを誤魔化すように航平の首に両手をまわしてきた。航平は彼女の腰を抱いて、抱擁に応えた。長い黒髪からも真っ白い素肌からも、汗の匂いがプンプンした。胸いっぱいに吸いこんだ。彼女の汗の匂いがこんなにも興奮を誘うのは、欲望を溜めこんでいたからなのかもしれない。汗に発情のフェロモンがたっぷりと含まれているから……。

「うんんっ！」

綾音から唇を重ねてきた。いや、唇を重ねる前から舌を出し、航平の唇を舐めまわした。航平も舌を出して応戦しつつ、綾音の胸をまさぐった。水着と下着は似ているようで微妙に違い、水着のほうが乳房の丸みと弾力が伝わってくる気がした。航平はエロティックな生地の光沢に鼻息を荒くしながら、隆起を撫でまわし、指を食いこませていく。

「あああっ……はぁあああっ……」

綾音は早くも切羽つまった顔で息をはずませだした。しかし、愛撫はまだ始まったばかり。ぶるぶると震えているローターを隆起の先端に押しつけると、

「くぅうううーっ！」

綾音は首に筋を浮かべてのけぞった。

「どうですか？　初めて経験するんでしょ？」

「きっ、訊かないでっ……」

いやいやと身をよじる綾音は、三十二歳という年齢にそぐわないほど焦っていた。一秒ごとに表情が変わった。三年ぶりのセックスに対する期待と不安が、交互に顔を出す感じだ。男としてもちろん、女からぐいぐい来られるより、不安で緊張していてもらったほうがそそる。もう童貞ではないのだから、たとえ相手が人妻でも、リードされるよりリードしたい。

「下にあてられたらどうなっちゃうでしょうね？」

不安を煽るように、航平はローターを綾音の鼻先に突きつけた。

「両脚の間のいちばん感じるところに、これをあてたら……」

綾音が首根っこにしがみついてくる。もう立っていられないと言わんばかりに、両脚をガクガク震わせる。

だがもちろん、立ったままの愛撫で陶酔を感じてもらうのはこれからだった。

「いきますよ……感じるところにあてちゃいますよ……」

言うだけでまだあてていないのに、

「あああっ……はぁあああっ……」

綾音は眼も口も鼻の穴まで開いた淫らな顔を向けてきた。航平はローターを彼女の股間にあてた。まずはこんもりと盛りあがった恥丘から、ぶるぶる震えている球体を這わせはじめた。

「くぅうう――っ！　くぅううう――っ！」

綾音は膝を折りそうになったが、そんなことはさせなかった。ローターをあてる直前に、航平は尻側の水着をつかんでいた。膝を折りそうになれば、股布の部分がぎゅっと食いこむ。

「はっ、はぁあおおおおお――っ！」

自分の体重を股間で受けとめ、綾音は悲鳴をあげた。

「どっちが気持ちいいですか？」

クイッ、クイッ、と水着を股間に食いこませては、恥丘の上でローターを這わせる。

「よっ、横にならせてっ……」

綾音がすがるような眼を向けてくる。

「もっ、もう立っていられないのっ……」

人妻に弱音を吐かせて航平は内心でにんまりしたが、

「まずは質問に答えてくれないと」

非情に言い放った。

「ううう……みっ、水着がっ……水着が変なところにあたってるっ……」

「変なところ？　気持ちいいところですか？」

コクコクとうなずいた。

「つまり、水着を食いこませるほうが気持ちいいと？」

もう一度うなずく。

「おかしいなあ。普通はローターのほうが気持ちいいんじゃないですかね。そのために開発されたものなんだから……」

航平はローターの位置を変えた。恥丘の上から、その下へとすべり落とした。いままであえて、クリトリスは狙わなかったのだ。

「はっ、はぁうううう一っ！」

綾音はのけぞりながら、全身を痙攣させた。

「ダッ、ダメッ……そこはダメッ……振動がっ……振動がっ……」

いやいやと首を振りつつも、両脚がガニ股に開いていくのがいやらしすぎて、航平はさらに奥までローターをあててやった。アヌスのほうから恥丘にかけて、ねちっこく這いまわらせる。しがみついてくる綾音の素肌から、新鮮な汗がどっと噴きだしてきた。

「ねっ、ねえ、お願いっ……もう本当に立ってられないっ……」

「どうぞ、しゃがんでください」

綾音が膝を折ろうすると、待っているのは水着の股間食いこませだ。

「あああーっ！ いっ、意地悪しないでえええっ……」

「さっき、なんでも好きにしてとか言ってませんでした？」

「しっ、振動がダメなのっ……感じすぎちゃうのっ……もう立っていられないのよおおおっ……」

生まれて初めて経験するローターの刺激に、涙まで流しはじめた。こんな小さな球体が？ と航平は内心で驚愕していた。しかもまだ、水着の上からあてているだけなのである。

それでも綾音の取り乱し方は尋常ではなく、濡れた黒髪を振り乱す。涙を流しつつも、腰がくねっているのが卑猥だった。ダメダメと言いつつも、体は確実に快楽を享受している。

「イッ、イッちゃうっ……そんなにしたらイッちゃううううーっ！」

ビクンッ、ビクンッ、と腰を跳ねあげ、綾音は絶頂に達した。イキきってもガニ股をキープしている様子がいやらしすぎて、航平は何度も生唾を呑みこんだ。

5

男にとってセックスのハイライトのひとつは、女のパンティを脱がす瞬間だろう。おっぱい星人にとっては、ブラジャーをはずす瞬間かもしれない。それを同時に味わえるという意味で、ハイレグ水着を脱がしていくのは至福の時間だった。

ふたりはベッドにいた。

立ったままイッてしまったことがよほど恥ずかしかったらしく、綾音はうつ伏せになったまま顔をあげない。航平はまず、両肩のストラップをはずしてから、果物の薄皮を剝ぐように水着を脱がしていった。綾音の手脚は汗でヌルヌルしていたが、水着を着けていた部分は輪をかけて汗をたたえ、濡れ光っている。

まさに薄皮を剝いたあとの果実のようにジューシー、これほどいやらしい女体は見たことがないと、航平の手指は興奮に震えた。

しかも、下着はセパレートだが、ワンピース水着は一枚を徐々に剝いでいく。脱がせていくプロセスが、なんとなくいやらしい。いまは背中から見ているが、前から見たら、衝撃的なのではないか。乳房を出しているのに、下半身には脱がされる途中の水着が残っている――見てみたかったが、綾音がうつ伏せの状態から動いてくれないので、しかたなく汗を吸って重くなった水着を脚から抜いた。

目の前には三十二歳の豊満なヒップ、くびれた腰、ムチムチの太腿――どこもかしこも美味しそうで、どこから責めるか迷ってしまう。いずれにせよ、全身隈無《くまな》く舌を這わせ、発情のフェロモンをたっぷり含んだ人妻の汗を味わわずにいられない。そう思っていると、綾音がむくりと体を起こし、航平に組みついてきた。咄嗟《とっさ》のことだったので、航平は反応できないままあお向けに倒され、馬乗りになられた。

「ううう……」

綾音がむくれた顔でじっとりと睨んでくる。

「ずるいよ、わたしばっかり乱れさせられて……」

年下のくせに、と彼女の顔には書いてあった。

「今度はわたしが気持ちよくしてあげる番だからね」

唇を尖らせて言うと、汗まみれの体を躍らせ、後退っていった。航平の両脚の間で四つん這いになり、呼吸を整えながら長い黒髪をかきあげる。

フェラをしてくれるつもりのようだった。勃起しきったペニスの根元に手を添えられると、航平は身をこわばらせた。まずは汗を舐めまわしたかったが、動けなかった。綾音から妖気のようなものを感じたからである。

フェラに自信があるのかもしれなかった。綾音は唇をOの字にひろげると、いきなり亀頭を咥えこんできた。そのままずるずると根元まで唇を到達させ、ゆっくりと抜いていく。亀頭が喉奥まで入っているのに、苦しそうな素振りは見せない。

「うっ、うわあっ……」

航平は声をあげてしまった。綾音がいきなり、激しく首を振りはじめたからだ。首を振りながら、唇をスライドさせてくる。勢いが尋常ではなく、汗を吸った長い黒髪が航平の腹部を叩くほどだった。

まさにヘッドバンキング・フェラ！

ヘビメタ好きの面目躍如だと感心していることはできなかった。その快感はライブの爆音も凌駕するほど強烈なもので、身をよじらずにはいられなかった。

といっても、見た目の激しさとは裏腹に、綾音はペニスを強く吸ってこなかった。ペニスと口内粘膜が密着すらしていない。ほんのわずかだが隙間があり、そこに潤滑油になる唾液を溜めて、スピーディに唇をスライドさせる。

つまり、普通に吸ったりしゃぶられたりするより刺激は微弱なわけだが、長い黒髪が乱舞するほど豪快な見た目と、ずぼずぼと高鳴る肉ずれ音が相俟って、特別なフェラをされている気分になる。刺激が微弱でも快楽は極上と言ってよく、彼女が頭を振るほど愉悦は深まっていき、限界を超えてペニスが硬くなっていく。

三分ほどそれを続けた綾音は、ペニスから口を離すと長い黒髪をかきあげた。ハアハアと肩で息をしながら、Oの字に開いたままの唇から涎《よだれ》を垂らす。視線はこちらに向けたまま、見せつけるように涎に糸を引かせるので、もはや様式美さえ感じさせるいやらしさだ。

「すっ、すごいですね……」

航平が興奮に声を上ずらせると、

「まだ一曲目が終わったばっかりよ」

綾音は不敵に言い放って再び亀頭を咥えこみ、ヘッドバンキングを始めた。今度は強く吸われた。いや、強い吸引と弱い吸引を交互に繰りだし、航平を翻弄してきた。

強い吸引が三回、弱い吸引が三回——そういうリズムに乗っていたかと思うと、突然強い吸引が十回続いたりする。ブレイクして弱く吸引しながら、根元をしたたかにしごくというヴァリエーションもある。

「おおおっ……ぬおおおおっ……」

気がつけば航平は、野太い声をあげてのたうちまわっていた。立ったままローターでイカされたのがよほど悔しいのか、綾音はそれを五セット繰り返した。彼女ふうに言えば五曲分だ。よく暴発しなかったと自分で感心してしまうくらい、すさまじいフェラチオだった。ヘッドバンキングはずっとは続けられないので、三分に一回くらい休みが入る。それがなければ、口内で爆発していたに違いない。

「ねえ……」

涎でヌラヌラ光っている唇で、綾音がささやいた。

「もう、欲しくなっちゃった……」

フェラの快楽に翻弄されきっていた航平は、言葉を返すこともままならないまま、コクコクとうなずいた。

「わたしが上になっても、いい？」

もう一度うなずく。

「オチンチンすごい硬いから、舐めてるだけで興奮しちゃった……やだ、わたし。オチンチンなんて言っちゃった……」

綾音が口の中でもごもご言っているのは、恥ずかしいからに違いなかった。ヘッドバンキング・フェラからの騎乗位——本当の自分は、そんな淫乱じみた振る舞いをする女じゃない、とでも思っているのだろう。いつもはベッドの中でもおとなしく、されるがままになっている……。

それは航平にもなんとなくわかった。本来の綾音は内気なほうで、ヘビメタのライブのときだけ、はじけてしまうタイプなのではないか。いまはただ、三年間溜めこんだ欲望を解き放っているだけだ。久しぶりのセックスに、はしゃぎすぎているのだ。

「んんんっ……」

航平の腰にまたがった綾音は、ペニスに手を添えて角度を調整した。切っ先と花園がヌルリと触れあうと、長い睫毛を伏せた。眼の下を赤く染めながら、腰を落としてきた。クンニはしていなかったが、ローターで一度イッているし、ペニスは綾音の唾液にまみれていたので、挿入はスムーズだった。

「くうううーっ！」

最後まで腰を落としきると、綾音は結合感を嚙みしめるように、ぎゅっと眼を閉じた。下から見上げている航平は、生唾を呑みこんだ。表情もいやらしかったが、下から見るとたわわに実った乳房がすごい迫力で、先端で鋭く尖っている赤い乳首が卑猥すぎた。

　両手を伸ばして揉もうとしたが、できなかった。綾音が動きはじめてしまったからだ。航平の腹に両手をつき、ヒップの重力を使って股間を上下させてきた。いや、そんなことより、彼女はここでもヘッドバンキングを披露した。

「はっ、はぁうううううーっ！」

　長い黒髪を振り乱し、ぐいぐいと腰を振りたててくる姿はなにかに取り憑《つ》かれたかのようで、乳房を揉むどころではなくなった。勢いが激しいだけではなく、性器と性器を絶妙にこすりあわせてくる。動きの激しさと快感の質量が微妙にずれているのも、ヘッドバンキング・フェラと同じだ。

「あっ、あたってるっ……いいところにあたってるっ！」

　綾音はぎりぎりまで細めた眼でこちらを見つめては、さらにギアをあげていった。腹筋に力を込めているのが、見た目にもはっきりわかった。腰を振るほど悲鳴は大きくなっていき、やがて耳をつんざくばかりになった。ずちゅっ、ぐちゅっ、という肉ずれ音を、あえぎ声にハモらせる芸当に舌を巻く。

「ねっ、ねえっ……もうイキそうっ……イッてもいい？」

航平はうなずいた。綾音と見つめあいながらペニスに神経を集中した。我慢するんだ、と言い聞かせた。ともすれば彼女の勢いに巻きこまれ、射精まで引きずられていきそうだったが、それだけはなんとかこらえなければならなかった。

ヘッドバンキング・フェラからのヘッドバンキング騎乗位というアクロバティックな展開で、すっかりイニシアチブを奪われてしまった。けれども、このままでは終われない。ここで射精してしまっては、童貞時代から一歩も成長していないことになる。こちらにはまだ、切っていないカードが一枚残っている。

「……イッ、イクッ！」

ガクンッ、ガクンッ、と腰を揺らして、綾音は果てた。激しい動きから急にストップし、壊れたロボットのように体中を痙攣させる。太腿でこちらの腰をぎゅーっと挟んで、喜悦を嚙みしめている様子がいやらしい。

「あああっ……」

イキきった綾音は、満足気な表情でこちらに上体を預けてこようとした。熱く火照《ほて》っているその体を抱きしめてやりたいと、航平も思った。しかし、心を鬼にして後ろにのけぞる体勢にうながす。満足するにはまだ早い。

綾音が背中のほうで両手をつくと、航平はすかさず彼女の両脚をひろげた。M字開脚である。結合部をすっかり拝める格好にして、下から律動を送りこんでやる。

「ああっ、いやっ……こんな格好っ……」

綾音は羞《は》じらったが、それ以上に少し休みたいようだった。イッたばかりの女体は、敏感になりすぎているらしい。

「いい眺めですよ……」

航平はニヤニヤ笑いながら、内腿を爪を使ってくすぐった。その程度でも綾音にはたまらないようで、しきりに身をよじっては、両脚を閉じようとした。航平はもちろんそれを許さず、切り札のカードをめくった。

ピンクローターである。

ずっぽりとペニスを咥えこんでいる女の割れ目――その上端で包皮からすっかり顔を出している肉芽に、ぶるぶると震えている球体を押しつけた。

「はっ、はぁうううううーっ！」

綾音は仰天したようだった。アクメの余韻でぼんやりしていたせいもあり、ここへきてまさか直接クリトリスにローターをあてられるとは思っていなかったのだろう。

だが、航平はこのチャンスをずっとうかがっていた。生地の厚い水着を着ていたにもかかわらず、綾音はローターを股間にあてられてると、あっという間にイッてしまった。生まれて初めて経験する淫らな振動に翻弄され、立ったまま情けないガニ股姿でオルガスムスをむさぼった。

そんな魔法の道具を放置したまま、終われるわけがない。

「ああっ、ダメッ……それはダメようっ……」

綾音はいまにも泣きだしそうな顔で、焦りに焦っている。とはいえ、感じているのはあきらかで、結合部からあふれだした発情の蜜が、航平の陰毛をぐっしょり濡らしていく。ダメダメと言いつつ、腰の動きはいやらしくなっていくばかりで、いつの間にか股間をしゃくるように動かしている。

「気持ちよさそうですね？」

航平が勝ち誇った顔で言うと、

「ダッ、ダメッ……本当に許してっ……振動はダメようっ……」

綾音は眉尻を限界まで垂らした顔で哀願してきた。

「へええ……」

航平はニヤリと笑い、ローターをクリトリスから離した。綾音がホッとしたのも束の間、すかさず下から律動を送りこむ。女体を跳ねあげる勢いで、ずんずんっ、ずんずんっ、と突きあげる。子宮まで亀頭を届かせるイメージで、怒濤《どとう》の連打を送りこんでいく。

「はっ、はぁうううううーっ！」

綾音は喉を突きだし、開いた太腿をぶるぶると震わせたが、連打は十回までと決めてあった。数え終わると、突きあげるのをやめてローターをクリトリスに戻した。そこでも十数えて、ローターを離す。すると綾香はひいひいと喉を絞ってよがり泣きながら、みずから腰を振りたてる。さらに十数えて下から連打を打ちこめば、限界を超えた悲鳴をあげて長い黒髪をざんばらに振り乱した。

彼女お得意の緩急を参考にしたのだが、効果は抜群だった。男の上でのけぞり、両脚をM字に開くという、破廉恥《はれんち》かつ不安定な体勢のまま、半狂乱で肉の悦びに溺れていく。

「ああっ、いやっ、いやっ！　あああっ、いやあああっ……」

M字開脚でずぼずぼとペニスをしゃぶりあげる姿がいやらしすぎて、まばたきができなかった。下からの連打、クリトリスにローター、綾音自身による腰振り――三つの刺激をぐるぐるとまわすこのやり方は、かつてマツダが世界に誇ったロータリーエンジンのようだと思った。ターボがなくてもターボ車をぶっちぎり、それでいて国産車最強のハンドリングマシン。

「ダッ、ダメッ……ダメダメダメッ……」

綾音がひきつりきった顔を左右に振った。

「イッ、イッちゃうっ……またイッちゃうっ……」

「思いきりイッてください」

航平はクリトリスにローターをあてたまま、同時に下から怒濤の連打を送りこんだ。

「はっ、はぁああああああーっ！　はぁあああああーっ！」

綾音はあえぎながら涙を流していた。汗まみれの体を躍動させ、双乳を淫らなほどにはずませて、絶頂に駆けのぼっていった。

「イッ、イクウウウウウーッ！」

達した瞬間、大きく股間を跳ねあげたので、ペニスがスポンと抜けた。からっぽになった肉穴の入口から、飛沫《しぶき》が飛んだ。無色無臭だったので潮だろうが、ゆばりのように一本の放物線を描き、航平の胸にバシャバシャとかかった。

「ああっ、いやっ……いやあああーっ！」

羞じらいに泣き叫んでも、放出はとまらなかった。この世のものとは思えない、いやらしすぎる光景だった。綾音は恥ずかしがって両脚を閉じようとしたが、航平はもちろん許さなかった。左右の太腿に指を食いこませ、綾音がすべてを漏らしおえるまで、彼女の股間を凝視しつづけた。

第六章　隣の女と分かちあいたいもの

1

念願のマイカーがついに自宅にやってきた。

新型のトヨタ86、ボディカラーはクリスタルホワイトパール――中古だが、田所が頑張ってくれたおかげで、年式も今年なら、走行距離も五千キロ程度の上玉を、新車の半額程度で買い求めることができた。

「ずいぶん勉強させてもらったんだぜ。殴っちまったお詫びも兼ねてさ……」

納車にやってきてくれた田所は、86のボンネットを撫でながら照れくさそうに笑った。

「お詫びって言うか、お礼か。眼を覚まさせてくれたわけだし……」

「いいよ、もう。その話は……」

航平の返した笑顔は思いきりひきつっていた。殴られたことなど、とっくに許していた。ビッチにふられて落ちこんでいる田所には悪いけれど、最近の航平の女運は神がかっていた。気乗りしないまま足を運んだヘビメタのライブで、思いがけず黒革ライダースーツの人妻と仲よくなり、朝まで夢中になってまぐわってしまった。お礼を言いたいのはこちらのほうだ。

「ごめんなさい……わたし、嘘ついちゃった……」

M字開脚騎乗位で潮を吹くほどのオルガスムスをむさぼったあと、綾音はひどく恥ずかしそうに告白した。

「ローターなんて使ったことがないなんて言っちゃったけど、本当は家に十個くらいある。ローターとヴァイブと……だって三年もセックスレスだったのよ。それくらい許されると思わない？」

「いや、その……僕はローターが悪いなんてひと言も……」

「やっぱりローターを使うと、イキ方のグレードもあがるし……」

「……なるほど」

「でも自分で使うのと人にされるのはやっぱり違うから……こんなに違うと思わなか

った な。潮まで吹いちゃって……」

「ちょっと興味あるんですけど、オモチャを使ってオナニーする女の人って、どれくらいいるんですかね？　個人的には少数派だと思うんですが」

航平の無邪気な質問に、綾音は鼻で笑いながら答えた。

「ローターをひとつも持ってない女なんて、この世にいません」

「嘘でしょ？」

「住環境によって持ち帰れなかったり、すぐ捨てたりしなくちゃいけない場合はあるでしょうけど、ひとり暮らしなら、もう絶対、確実に持ってる」

マジか……と航平は胸底でつぶやいた。ということは、あのアイドルも、あの美人女優も、夜な夜なローターやヴァイブで……。

「このホテル、その手の品揃えがずいぶんいいみたいね」

綾音がテーブルに置いてあったパンフレットに興味を示したので、ローターとヴァイブをひとつずつ買い足して、二回戦に突入した。

両脚の間にヴァイブを咥えこませながら、クリと乳首をローターで刺激してやると、綾音は容赦なくイキまくった。これならペニスなんていらないのではないかと、航平はちょっとブルーになるほどだった。

納車の日は平日だった。

会社に行ってもどうせ気もそぞろで仕事に身が入らないだろうと、有給をとっていた。86を運んできてくれた田所にひと通り説明を聞くと、一緒にラーメンを食べにいった。86の納車祝いに、カロリー過多な二郎インスパイア系をわしわし食べた。その後、コンビニのイートインコーナーでコーヒーを飲みながら、田所からビッチ柚奈への未練を長々と聞かされ、戻ってくると午後三時を過ぎたところだった。もちろん、早速シェイクダウンに出かけることにした。

86のエンジンは快調に吹けた。車高が低く、地を這うような走りは、まさしくスポーツカーの乗り心地で、興奮を隠しきれなかった。ただ、問題は行くあてがないということだった。空は雲ひとつない快晴だったが、遠出をするにはちょっと時間が遅い。結局、他に思いつかなかったので、実家に行ってみることにした。

以前は、家族で都心の賃貸マンションに住んでいた。二年前、郊外に戸建てを購入したのでそこが新たな実家となった。航平は東京から離れたくないのでひとり暮らしを始めたが、かつて住んでいて、両親が気に入ったという土地だった。

高速に乗れば、一時間とかからない距離だった。86との人馬一体に酔いしれているうちに、あっという間についてしまった。

高速をおり、国道の脇に畑が散見する長閑《のどか》な景色を眺めていると、懐かしさがこみあげてきた。

そこは航平が幼少期から小学校卒業まで過ごしたところだった。都心から離れた郊外の新興住宅地なので、よくも悪くも素っ気ない土地柄だし、観光名所などもないから愛着を抱きにくいのだが、まぎれもなく故郷なのである。

とはいえ、引っ越しと同時に友達との交流も途絶えてしまったので、訪ねてみようと思う幼馴染みもいない。結局、実家に直行するしかない。普段ならタダ飯にありつくというギフトもあるわけだが、残念ながら先ほど二郎系を食べてしまったので、明日の朝まで腹が減りそうもなかった。

溜息まじりにハンドルを切り、実家に向かった。呼び鈴を押しても、うんともすんとも言わなかった。不可解な現象だった。父親は仕事だろうが、母親は専業主婦だし、アニメ好きでひきこもりがちの妹は通信制の高校なので、どちらかはいるはずなのだ。三食昼寝つきとひきこもりが揃って不在なんてあり得ない。

母親に電話した。

「あー、航ちゃん、どうしたの？」

やけに明るい声が返ってきた。

「いやね、いま実家に来てるんだけど、誰も出てこないからさ……俺、鍵もってないし……買い物でも行ってるの？」

「アハハ、わたしたちいま温泉に来てるのよ。箱根の強羅《ごうら》温泉。パパが勤続三十年で会社から宿泊券もらってね。せっかくだからって、有給とってみんなで……」

ナメてる。なにが「みんなで」だ。ならば航平は家族ではないのか。そういう計画があるなら、どうしてひと声かけてくれなかったのだろう。前もって言ってくれれば、タイミングを合わせて86で駆けつけた。芦ノ湖スカイラインを攻めてから温泉に浸かるという、夢のようなコースが実現できたのに……。

がっくりと肩を落として実家から離れた。

また行くあてがなくなってしまった。こんなことなら、首都高をぐるぐるまわっていたほうがはるかにマシだったかもしれない。いや、夕方の首都高には渋滞がある。スポーツカーで渋滞に巻きこまれるなんて、絶望的な有様だ。

適当に市街地を流していると、フロントガラスの向こうに小学校のグラウンドが見えてきた。

母校である。

クルマを停め、外に出た。あまりにもやることがないので、母校訪問でもしてみることにした。故郷に錦《にしき》を飾るでもなく、コソ泥めいた不法侵入をしなければならないのが情けなかったが、それはまあいい。

もう日が暮れようとしているので、校庭にも校舎付近にも児童たちの姿はなかった。

校舎に向かう前に、夕陽に照らされた体育倉庫に立ち寄った。体育館に併設されているほうではなく、グラウンドの隅にある小さな小屋だ。航平にとっては校舎と同等か、それ以上に思い入れが深い場所だった。

航平はクラスメイトの輪の中にいると、居心地の悪さを感じることがよくあった。空気をうまく読めるほうではないので、疎外感や孤立感を感じることが多く、そういうとき、昼休みにひとりで体育倉庫にこもっていた。

「うわあっ……」

ギギギ……と重い引き戸を開けて中に入ると、懐かしすぎて笑ってしまった。薄暗い中に、見慣れた道具が並んでいた。ライン引き、籠《かご》に入ったサッカーボール、重ねられたマット、跳び箱――なにより、独特の匂いが記憶を激しく揺さぶった。埃とラインパウダーの混じった匂いだ。決していい匂いではないので、普通はひとりでこんなところに来る者はいない。

ここは「ぼっち」の聖域だった。二年生とか三年生のころ、マットにうずくまって泣いていたことが何度かある。五年生や六年生になると、泣くことはなくなったが、やってくる回数はずっと増えた。

顔が熱くなっていく。

泣かないでなにをしていたのかといえば、自慰だった。覚えたてのそれを、いつだってしたくてしようがなかった。親に知られるのだけは絶対に嫌だったので、体育倉庫でしごいていたのだ。

埃っぽい跳び箱にまたがった。子供のころは高く感じた八段も、いまとなってはそうでもなかった。当時を思いだすと乾いた笑みがもれた。いや、格好をつけて笑おうとしたのだが、頬がひきつってうまく笑えなかった。

とんでもないマセガキだったな、という恥ずかしさもあったが、それ以上に、罪悪感が胸で疼いた。自慰のときに思い浮かべるのは、いつだって綿貫晴香だった。二年間ずっと隣の席で、最終的にはそれを冷やかされることにぶちキレて、大っ嫌いだと叫んでしまったあの美少女である。

いつどんなやり方で席替えをしても、かならず隣になってしまう悪夢のような偶然は心の底から鬱陶しかったけれど、その一方で、自分でも認めたくないほど強烈に心を惹かれていた。深い会話なんてしたことがないので、惹かれていたのはもっぱら見た目というか、存在だ。

晴香は六年という長い時間をかけて、とびきりの美少女に成長していき、六年生のときピークに達した。おかっぱの黒髪に、顔の半分くらいありそうな大きな眼。低学年のときは小さくて、後ろから見るとランドセルが歩いているようだったが、六年生になると背の順は後ろに近くなった。

いちばんよく覚えているのは、体操着姿だ。おかっぱ頭に赤や白の鉢巻きをきりりと締めて、伸びやかな手脚を出した半袖半ズボン。

クラスと名前が書かれた白いTシャツが、遠慮がちにふくらみはじめているのを発見したときはドキッとした。性格はおとなしいほうで口数も少ないのに、体操着を着ていると潑剌として見えた。健康的なのに、いや、健康的だからこそなのかもしれないが、まぶしいほどのエロスを感じた。

航平にとって晴香は、初恋の相手というより、性の目覚めの対象だったのである。だから、クラスメイトに冷やかされると深く傷ついた。放っておいてほしかった。晴香に思いを伝えようと考えたことなど一度もなく、ただ暗い妄想の中でだけ、仲よくしている相手だった。

妄想の中で、彼女はいつだってやさしかった。どんなに破廉恥なことをしても、絶対に怒らなかった。現実の彼女はそうではなかった。大っ嫌いだと言ったら、大っ嫌いだと言い返された。

「あれはきつかったなあ……」

蘇《よみがえ》ってきた記憶に打ちのめされ、目頭を押さえようとしたときだった。

「誰かいるのー？」

女の声がして、体育倉庫の扉が開かれた。中は薄暗かったのだが、蛍光灯がつけられ、急に明るくなった。

2

浅葱《あさぎ》色というのだろうか。

新撰組が羽織に使っていた色のジャージを着た女が、体育倉庫に入ってきた。ひと目で教師だと察しがついた。ジャージ姿がダサかったからだ。ジャージを格好よく着こなしている教師なんて、いままで一度も見たことがない。政治家が災害時にアピールするために作業着を着ているのと一緒で、格好よく着こなそうという意志が皆無だからである。

とはいえ、そんなことを言っている場合ではなかった。航平は跳び箱にまたがったままだった。こちらこそ格好悪いの極みだったが、焦ってはいけない。取り乱したりしたら、よけいに窮地に追いこまれるような気がする。

「いやいや、すみません……」

必死に笑顔をつくって、跳び箱からおりた。背中に冷や汗が流れているのを感じつつも、なんとか余裕を見せようと、パンパンと尻を叩いて埃を払う。

「僕ここの卒業生なんですが、いまは別のところに住んでいましてね。たまたま通りかかったら懐かしくて、つい入ってしまいました。十年以上ぶりになるでしょうか……でも、ご迷惑でしたね。退散いたします……」

さっさと逃げだしたかったが、足が動かなくなった。こちらを見ている女教師の表情が、みるみる切羽つまっていったからだ。凛々《りり》しい太眉を寄せ、大きな眼を歪めて、いまにも泣きだしてしまいそうだ。

意味がわからなかった。この状況で泣きだしたいのは、むしろこちらのほうだろう。卒業生であろうがなかろうが、はっきり言って不法侵入なのである。

いったいなんなんだ――ジャージはダサいが、彼女はずいぶんと可愛い顔をしていた。年は航平と同じくらい。前髪パッツンの真っ黒いボブカットが愛らしい。ボブカットと言えば洒落ているが、要はおかっぱ頭……。

「航平くん？」

「えっ……」

いきなり名前を呼ばれ、心臓が口から飛びだしそうになった。

「若林航平くんよね？」

上目遣いで見つめられ、息ができなくなった。頭の中が真っ白になりながらも、さすがに思いだした。大きな眼や髪型だけではなく、よく見ると美少女時代の面影がしっかり残っていた。美少女と神童は二十歳を過ぎたらただの人というのが世の常だが、彼女は違った。美少女時代の面影を残しつつ、可愛らしい大人の女になっていた。

「綿貫……晴香……ちゃん？」

航平は自分で自分にがっかりした。さん付けにするか、呼び捨てにするか、悩んだ挙げ句にちゃん付けにしたのだが、この状況にもっともそぐわないものを選んでしまった。

「ぼっ、母校の先生になったんだ？」

誤魔化すように言葉を継ぐと、晴香はコクンとうなずいた。

「しょ、小学校の教師なんて大変だろうねえ。国語算数理科社会、全部教えなきゃいけないし、低学年なんて人間というよりほとんど小動物……」

言葉の途中で、晴香のふっくらした頬に涙の粒が伝った。本当に意味がわからなかった。なにか傷つけるようなことを言っただろうか。児童を小動物に喩《たと》えるのは、コンプライアンス的にアウトなのか。

「ごめんなさい……」

指先で眼尻の涙を拭いながら、晴香が言った。笑おうとしたようだが、うまく笑えていなかった。

「久しぶりに航平くんの顔を見たら、なんか涙が出てきちゃって……」

航平は身震いしながら必死に頭を絞った。もしかすると、あの件を根にもたれているのかもしれなかった。みんなの前で、大っ嫌いだと言ってしまった――言った航平がトラウマになっているくらいだから、言われた晴香はそれ以上でもおかしくない。彼女は人に嫌われるタイプではないし、ただ隣に座っているだけのクソガキにドス黒い感情をぶつけられ、ショックを受けないわけがない。

「ぐっ、偶然だけど、会えてよかったよ……」

航平は懸命に平静を装いながら言葉を継いだ。

「実はさ……俺ずっと謝りたかったんだよね……いまさらな話だけど、変なこと言っちゃったことあるじゃん？　みんなの前で。ひどいことしたなあ、っていまでも後悔してる。子供のときのこととはいえ……悪かった、ごめん」

きちんと腰を折って頭をさげた。上目遣いで晴香の様子をうかがうと、涙に濡れた顔に戸惑いを浮かべていた。

「謝らないで。わたしだって同じこと言ったんだから……」

「いや、それは売り言葉に買い言葉でしょ？　最初に言ったこっちが悪い」

「嘘だし」

「えっ……」

「大っ嫌いとか真っ赤な嘘だし」

航平は言葉を返せなくなった。意味がわからないという沼があるとすれば、そこに足をとられてずぶずぶと沈んでいっている感じだった。

「初恋の相手だったんだもん」

「……俺が？」

「うん」

あまりにもきっぱりとうなずかれ、どういう顔をしていいかわからなかった。当時そんな兆候を感じたことなんて、まったくなかったはずだが……。

「だから、大っ嫌いって言われたときはショックだったなあ……わたしね、この体育倉庫にひとりで来ることけっこうあったのね。なんていうんだろう、いつまで経ってもクラスメイトに言いたいことが言えなくて、そんな自分が情けなくて、よくひとりで泣いてた。あのときも、昼休み中ずっと……」

航平は、体中から血の気が引いていくのをどうすることもできなかった。よく自慰をしているときに鉢合わせにならなかったものだ。

「ハハハッ、でもさ……」

わざとらしい笑い声をあげた。

「いまは幸せなんでしょう？　よかったじゃない」

「幸せ？　わたしが？」

晴香が首をかしげたので、航平は左手をかざし、薬指を指差した。晴香がそこに銀色の指輪をしていることを、見逃してはいなかった。人妻とばかりセックスしたせいで、いつの間にかチェックするのが習慣になっていた。晴香もまた人妻であるとわかっていたから、初恋の相手だったと衝撃の告白をされても、卒倒するほどは驚かなかったのだ。

「これは……」

晴香が指輪を見る眼は、どういうわけか険しかった。なんだか蛇とか蛙《かえる》に触れてしまった忌《い》まわしい自分の手を見ているような、そんな感じだった。

「もうすぐはずすことになるんだけどね……」

「……どういうこと？」

「いま別居してて、離婚調停中」

想定外の重い話が飛んできた。見えない角度からボディブローを打ちこまれたボクサーのように、体がくの字に折れ曲がりそうだった。

「ごめんね、変なこと言っちゃって」

「いや、べつに……」

「相手にどうしてもって説得されて、大学を卒業してすぐに結婚したんだけど……やっぱりお互い若すぎたんでしょうね。ずっと夢だった教師になったばっかりで、バタバタしっぱなしだったし……他人と一緒に暮らすのって難しいよね？　男と女が難しいのかな？　それとも難しいのは人生そのもの？　なんかもう、なにしてもうまくいかなくて、気を遣ってるつもりでも裏目裏目で……」

晴香の言葉はとまらなかった。誰かに話したくてしようがなかったのかもしれない。

ならば聞き役に徹しようと航平は思った。十数年ぶりに偶然再会した元同級生――腹の中に溜めこんだものを吐きだす相手として適役だと、彼女も思っていそうだった。どうせ明日から会うこともないのだから……。

「恋愛期間中は、それなりにうまくいってたのよ。相手は大学の先輩で、とっても真面目な人。お酒は飲めないし、ギャンブルもしないし、趣味って言えばテレビでスポーツ観戦くらい……わたしにもっと経験があればね、絶対もっとうまく家庭をコントロールできたはず。でもわたし、夫としか付き合ったことないから……うまくいってるときはよくても、関係が悪化したときのケーススタディが、なくって……男の人の考えてることとか、ホントにもう全然わからない……」

魂までも吐きだすような勢いで、晴香はふーっと息を吐きだした。

「ごめんなさい。つまらない愚痴聞かせちゃって……」

「いいよ。俺でよかったら、もっと聞いても」

「大丈夫。いまは愚痴っちゃったけど、そんなに暗くなってるわけじゃないから。自分でもびっくりするほど、わたしって切り替えが早いタイプだったの。実家に帰って、離婚調停を始めると、もう彼に対する気持ちは切れちゃった……最初は離婚してバツイチになるのがすごい嫌っていうか、怖かったんだけど、いまはもう、希望しかない。

晴れて独身に戻ったら、遊んでやるぞーって」

「いいのかよ、仮にも教師がそんなこと言って」

航平が苦笑すると、

「いーの」

晴香は鼻に皺《しわ》を寄せた悪戯っぽい顔で笑った。そんな大人の笑い方、記憶の中にはなかった。

「遊ぶっていうか、いろんな男の人と付き合ってみたい」

「それを遊ぶって言うんだよ」

「でもわたし、十九のときに夫と付き合いだして……一、二、三、四……五年間も彼ひと筋だったのよ。普通の子が恋愛スキルを磨いている時期に、籠の鳥みたいになってて……そう思うと、自分が可哀相《かわいそう》になってくる」

「俺はご主人が可哀相になってきたよ」

「どうして？」

「よっぽど、晴香先生を……」

「先生はやめて」

「晴香ちゃんのことを愛してたんだなって、ひしひしと伝わってくるからさ。いい人なんじゃないの？」

「ひどーい。なんでわたしの味方してくれないの？」

晴香は笑いながら怒った顔をつくり、航平を叩いてこようとした。もちろんふざけてだが、手のスイングに迫力があったので、思わずよけてしまった。叩かれておくべきだった。空振りした晴香はバランスを崩し、おまけに足を出した先に三段重ねになったマットがあって、爪先を引っかけた。

「おいっ！」

転びそうになった晴香を抱きとめようとして、一緒にマットに転がった。床は砂まみれのコンクリートだから、マットがあったのは幸運だったのかもしれない。

しかし、気がつくとふたりの顔は息のかかる距離にあった。それは幸運だったのか、そうでなかったのか……。

3

「ダッ、ダメだよ、航平くん……」

晴香の顔は気の毒なほど真っ赤に染まり、糊《のり》で固めたようにこわばっていた。

「遊ぶのは独身になってからで、まだいちおう既婚者だし……」

冗談なのか本気なのか、にわかに判断がつかなかった。晴香は航平にしがみついた手を離さなかった。咄嗟のアクシデントで急激に距離が縮まってしまい、金縛りに遭ってしまったようだった。その気持ちはよくわかった。航平も金縛りに遭っていたからだ。緊張のあまり、晴香のジャージをつかんだ手指が動かない。かろうじて動きそうなのは、口だけだ。

「どっ、独身に戻っても……遊ぶのはやめたほうが……いいんじゃないかなあ……」

「どうして？」

「それは……初恋の相手に……ビッチになってほしくないから……」

「初恋？　わたしが？」

航平がうなずくと、晴香はますます顔を赤くした。

「こういう状況でそういうこと言うのずるくない？」

「先に言ったのはそっちだろ」

晴香は言葉を返せなくなり、眼を泳がせた。しばらくの間、お互いに声を出せなかった。ちりちりと積もっていく時間が、気まずさを倍増させる。

「キッ、キスまでならしてもいいよ」

晴香が眼をそむけたまま言った。

「はっ？　なに言ってるんだ」

航平のリアクションが納得いかなかったのか、晴香は怒ったような顔を向けてきた。

「だって、お互いに初恋だったんでしょ？　十何年かぶりに偶然再会して、初恋の相手だって言いあって、なんにもしないでお別れするのって、逆に哀《かな》しくない？」

「そっ、そうかな……」

「そうよ」

晴香がまなじりを決して見つめてくる。

「しようよ、キス」

「いやあ……」

「なによ。初恋の相手だったって嘘なの？　わたしは嘘ついてないよ。航平くんに貸した鉛筆とか、家の机に飾ってたことがあるくらい……」

それは光栄な話だが――航平は弱りきってしまった。キスをすれば、その先に進みたくなるのが大人の男と女なのだ。晴香にしても人妻、欲望がないとは言わせないが、ここは学校で、彼女は教師なのである。こんなことをしていてもいいのだろうか。

「ねえ、キスして……」

晴香が眼をつぶって顎をもちあげ、タコのように唇を尖らせたので、航平は啞然とした。もう少しで、プッと吹きだしてしまうところだった。年端《とし は》のいかないアイドルが、カメラに向かってするキス顔そのままだった。要するに、おぼこすぎて間が抜けている。二十四歳の人妻なのに……。

どうやら先ほどの話は、嘘ではないらしい。付き合った相手がたったひとりで、経験不足を自覚している……。

そうであるなら、キスだけでこの場を撤収することができるかもしれなかった。撤収すべきだった。この偶然の再会を大切にしたいなら、あらゆる意味で彼女のことを大事に扱ったほうがいい。

外には自慢の86がある。ナビシートに乗せて送って帰ることができる。なんならドライブからのお茶という軽いデートをしてもいい。誰かに見つかるリスクを背負って体育倉庫で獣になっている場合ではない。

だが、その前にまずはキスだった。求められて応えないのは男のすることではないし、いつまでも間抜けな顔をさせておくのも忍びない。

チュッ、と音をたててキスをした。

自分でも引いてしまうくらい、幼稚な口づけだった。タコ唇の女と舌をからめあうのは抵抗があったからだ。しかし晴香は、〇・三秒くらいのそのキスで、耳まで真っ赤に染めあげた。

「……キスしちゃった」

嚙みしめるように言った晴香は、悪戯を見つかった少女のような顔で、どういうわけか抱擁に力をこめてきた。人妻にして聖職者があやまちを犯してしまった罪悪感より、高揚感が勝っている感じがした。こちらを見る眼がだんだんと、共犯者を見る眼つきになっていく。

「悪いことしてるんだよ……わたしたち、悪いことしてるんだよ……」

自分勝手に身悶えている晴香は、あやまちを犯したことに舞いあがりはじめた。酔っているようですらあった。航平としてはさっさと86でドライブに出かけたいのに、これでは撤収することができない。

いっそのこと、獣に変身してやろうかと思った。演技でいい。本気になる必要なんてない。牡がギラリと欲望を剝きだしにすれば、経験値の低い晴香は驚き、怯え、けれどもそれ以上の勢いで怒りだすだろう。彼女は意外に鼻っ柱が強い。おとなしい美少女時代でさえ、大っ嫌いだと言ったら、大っ嫌いだと言い返してきた。

彼女が怒ったところでハッと我に返ったふりをして誠心誠意謝り、欲望に駆られてしまったのはキミが魅力的すぎるからだともちあげ、二度としないと約束しつつ、お詫びにちょっと豪華な夕食をご馳走する——完璧なシナリオではないか。

「あっ、あたってるよ……」

航平は晴香の眼を見てささやいた。

「むっ、胸があたってる……昔はぺったんこだったのに、ずいぶん女らしく成長したじゃないか。Cカップはありそうだな。そんなに押しつけられると、もっと悪いことしたくなっちゃうぜ……」

悪党を装うにしては声が上ずりすぎていたが、それでも晴香には通じた。眼を見開き、あんぐりと口まで開いて、紅潮していた顔からみるみる血の気が引いていく。

しかし、体は離さない。離す素振りもない。まだ金縛りに遭ったままなのだろうか。ここは飛びのいて、「変なこと言わないで！」と叫ぶ場面ではないのか。

「……触りたいの？」

上目遣いでささやいてくる。声の甘さに航平の顔がこわばる。

「触っても……いいよ」

「いや、あの……ええええっ？」

「キスしたら……なんか興奮してきちゃった……ジャージの上からちょっと触るだけ

なら、許してあげる……」

こちらのシナリオの上をいかれ、今度は航平が顔色を失う番だった。○・三秒のキスで興奮する女なんているのだろうかと思った。嘘だとすれば、目的はなんなのか。おぼこく見えても彼女も人妻。あのドスケベな女たちと同じ人種、実は欲求不満を溜めこんで……。

あり得ないと思った。目の前の晴香は、たしかに大人になっていた。だが、大人になったことでよけいに、ピュアさが際立っている。澄みきった黒い瞳なんて、美少女時代より清らかに見えるくらいだ。彼女のような先生が教室に入ってきたら、さわやかな五月の風が吹きこんできたように思えるのではないか。

とすれば、強がっているだけだろう。内心ではビビッてるくせに、航平を甘く見ているのかもしれない。どうせ口だけで乱暴なことなどできないだろうと――さすがの慧眼《けいがん》と言っていい。教師になっただけのことはある。航平としても乱暴なことなどしたくはないが、もう後には引けなかった。かくなるうえは、彼女のシナリオの上をいくしかない。

「ほっ、本当に触ってもいいの？」

「ジャージの上からだよ」

うなずいた晴香は、うっすら微笑すら浮かべていた。応えるように航平も微笑を浮かべつつ、右手をそうっと胸に近づけていく。浅葱色のジャージに包まれた乳房は男心を揺さぶるふっくらとした丸みを帯びて、おそらくその下の心臓はいま、すさまじい勢いで早鐘を打っていることだろう。

晴香の顔から微笑が消えた。航平の右手がふくらみに触れそうになると、祈るような表情で眼をつぶった。だが、航平の右手はふくらみに触れない。胸を触ると見せかけて、本当の狙いは下半身だ。さっとジャージのウエストをつかむと、思いきりずりおろした。

「ああああっ！」

晴香が悲鳴をあげた。パンティが見えていた。悲鳴をあげたいのは、むしろ航平のほうだった。晴香のパンティが衝撃的だったからである。色はベージュ。それも、レースの縁取りとか、光沢のある生地とか、おしゃれな要素がひとつもなく、生活感だけが漂ってくる……。

空気が凍りつくというのは、こういう状況を言うのだろうと思った。にわかに気温がマイナス何十度までさがったような気がして、航平の体は震えだした。晴香の顔からは人間らしい表情がすっぽりと抜け落ち、蠟《ろう》人形にでもなってしまったようだ。

航平はなにも言えず、晴香もショック状態でしばらく動かなかったが、やがてジャージがずりさがった状態のままのろのろと立ちあがり、こちらに背中を向けてジャージを引きあげた。あげる直前、桃の果実のように形のいいヒップが見えたが、それも当然、ベージュのパンティにぴったりと包まれていた。

ジャージの乱れを直した晴香は、一歩、二歩と歩いて、跳び箱に両手をついた。がっくりと首を折ってうなだれた。肩が震えているのがはっきりとわかった。航平には、かける言葉が見つからなかった。

パンティを見られただけなら、晴香もここまで落ちこまなかっただろう。怒って平手打ちをされることはあっても、空気が凍りつくようなことはなかったはずだ。

すべては生活感漂うベージュのパンティのせいだった。あまりにもダサかった。ジャージ姿がダサいのはしかたがないとしても、下着までダサいのはさすがにやばいだろう。

下着がダサいと言えば、ビッチ柚奈が思いだされる。しかしあれは、わざとである。清純派に見えるよう、計算しつくされた演出なのである。

一方の晴香はナチュラルだ。ベージュのパンティが通常運転なのだ。落ちこんでいるということは、彼女もそれがダサいという自覚があるはずだが、それでも毎日、ベージュのパンティを穿いている……。

「言い訳しても、いいでしょうか……」

がっくりとうなだれたまま、晴香が言った。

「わたしだって、年相応におしゃれな下着ももってます。でも、そういうの着けてると、年配の先生方に嫌味を言われるんです。学校はどうしても着替えがあるし、更衣室はひとりじゃないし……」

なるほど、と航平は納得した。そういう事情なら、あえてベージュのパンティというのも理解できる。年配の女教師に眼をつけられるなんて、考えただけでゾッとする。晴香はただでさえ可愛いから、ダサすぎるベージュのパンティでデチューンするくらいでちょうどいいのかもしれない。

4

「ひどいよね」

ようやく顔をあげた晴香は、涙眼で航平を睨んできた。

「わたし、胸を触ってもいいとは言ったけど、パンツ見てもいいとは言ってない」

「悪かったよ……」

航平は立ちあがり、腰を折って頭をさげた。

「興奮しちゃって、つい……晴香ちゃんを傷つけるつもりなんて全然なかったんだ。でも、結果的に傷つけたわけだから、どんな償《つぐな》いでもする。どうだろう？　夕食をご馳走させてもらうっていうのは……なんでも好きなものでいい。クルマで来てるから、帰りだって送るし……」

「結構です」

晴香が険しい表情でこちらに近づいてきた。

「わたし、二十四年間生きてきて、こんなに恥をかかされたことはありません」

「謝ってるじゃないか……」

「本当に悪いと思ってるの？」

「思ってるよ」

「じゃあ、わたしもパンツ見られたんだから、航平くんのパンツも見せて」

「はあ？」

航平は呆れた顔をしたが、晴香は真顔を崩さなかった。

「さっき言ったじゃない？　独身に戻ったらいろいろ経験してみたいって……まだ正

式には離婚してないけど、せっかくだから経験の一環で夫以外の男の人の下着姿を見てみたい」

「いや、まあ……それで許してくれるなら、いいけどさ……」

男にとって、女の下着姿は特別だ。男は視覚で興奮する生き物だし、触り心地もエロティックな気分にいざなってくれる。しかし、女が男の下着姿を見たって、面白くもなんともない気がする。男性ストリップで歓声をあげているのは例外的な人たちで、普通は清潔かどうかくらいしか気にしないのではないだろうか。

だが、晴香がそれを罰ゲームにすると言うのなら、甘んじて受けとめるしかないだろう。とにかく機嫌を直してほしい。ベージュのパンティを見てしまったのは、こちらとしても大失態だ。

それに——ベルトをはずしていると、ちょと興奮してきてしまった。晴香の清らかな瞳に自分のパンツを映すのも、それはそれで役得みたいなものではないか。もちろん、興奮して前をもっこりさせるわけにはいかなかったが……。

「じゃあ、脱ぐよ」

ためらっているとよけいに恥ずかしいので、航平は自宅の脱衣所でそうするようにあっさりと、ズボンをさげた。瞬間、眼がくらんだ。鈍器《どんき》で後頭部を思いきり殴られたような衝撃があり、その場に倒れてしまいそうになった。

航平は黒いボクサーブリーフを穿いていた。それはいいのだが、前開きのところにキャラクターがプリントされている。ジッパーが開いて、ナマズがのぞいているものだ。あからさまにペニスを彷彿とさせるエロ可愛いイラストのナマズで、ジッパーの開き方は女性器そのもの……。

晴香は眼を真ん丸に見開き、口に手をあてた。

「ちっ、違うんだ」

航平はあわてて言った。

「これは社内のビンゴ大会の景品で、自分のセンスじゃない。捨てるのもったいないから穿いてるだけで、それにしたって人に会うときは穿いてないのに……」

休日に着けるための、よれた下着や穴の空いた靴下と同じカテゴリーに、その悪趣味なパンツは入っていた。昨日の風呂上がりになんの気なしに穿いてしまったので、いまのいままですっかり忘れていた。

「それって、ナマズですか？」

晴香が眉をひそめて訊ねてくる。

「知らないよ。自分で買ったものじゃないし」

「いまわたし、とっても複雑な気分なんですけど……」

晴香はすぐ近くまでやってくると、膝を抱えてしゃがみ、ナマズのイラストをまじまじと眺めた。

「航平くんが変なパンツ穿いててくれて、よかったのか悪かったのか……ダサいのお互いさまね、って笑ってあげたいけど、笑えない」

「そっ、そんなに近くで見るんじゃない！」

「これはダサいの上をいってますね。完全にドン引き。夫がこんなの穿いてたら、それだけで離婚しそう……」

「さっ、触るなよ……なにやってんだ！」

つんつん、と晴香がナマズを指で突《つっ》いてくる。

「わたしいま、どうやったらこの状況を笑いに変えられるのか、一生懸命なんですけど。このままだと、十数年ぶりに再会した初恋の人が、ナマズのパンツを穿いてて哀しくなったって思い出だけが残りそうで……」

つんつん、つんつん、しつこく突いてくる。航平も航平で後退ればいいのに、できない。ショックのあまり金縛りに遭っているのはいつものことだが、体の一部だけはむくむくと形を変えていく。

「あっ……」

晴香が眼を丸くした。ナマズが大きくなっていったからだ。前がもっこり隆起していくとイラストをプリントしてある生地が伸び、ナマズの表情が変化した。エロ可愛い感じから、いきり立った鬼の形相へと。

「こういう仕掛けになってたんだ……」

晴香は感心しているようだったが、航平は顔から火が出そうだった。ナマズのイラストが大きくなっているということは、勃起しているのである。もちろん、イラストにそんな仕掛けが施されているなんて知らなかった。こんなものを穿いて勃起したことなどなかったからである。

「頼むよ、晴香ちゃん……」

泣きそうな顔で航平は言った。

「もう勘弁してくれよ。気はすんだだろ？　少女時代の思い出を穢してしまって申し訳ないけど、キミの初恋の相手はナマズパンツなんだよ。俺のことはもう、脳内から消去してくれ」

「気はすみましたけど、このままでいいんですか？」

ナマズをすりすりと撫でさすられ、航平は「おおっ」と声をあげて身をよじった。

「男の人って、こういう状況になると、とっても苦しいんでしょう?」

「苦しかったらなんだっていうんだ?」

「舐めてあげましょうか?」

挑発的に、唇をOの字にひろげてきた。ただ、挑発するならやりきればいいのに、言った直後に顔を赤くしてもじもじするから、言われているこっちが恥ずかしかった。

「わたしだって、そういうことできるんですから」

絶対に下手《へた》だよね、と思ったが言えなかった。言えるわけがない。だいたい、なぜ状況は悪くなっていくばかりなのだろう。さっさとこの場を退散したいのに、どうしてフェラチオをされる展開になっているのだ。

「よいしょ」

断りもなしに、晴香がパンツをめくりさげた。勃起しきったペニスが唸りをあげて反り返り、晴香に裏側をすべて見せてそそり勃《た》った。

「うわっ、本物のナマズさんがコンニチワ」

薄々勘づいていたが、彼女に笑いのセンスはない。

「ナマズさん、チュウしちゃいますか? チュウしちゃおっか?」

どういうわけか赤ちゃん言葉になった晴香を、失笑することはできなかった。驚くほど透明感のあるピンク色の舌を、チロチロ、チロチロ、と蛇のように動かしてきたからである。可愛い顔と、いやらしすぎる舌の動きがちぐはぐだった。もちろん、ちぐはぐゆえに、途轍もなくエロい。

「むううっ！」

裏筋をくすぐるように舐められ、航平の腰は反り返った。晴香の舌は、やたらとなめらかだった。人間の舌は普通、表面にざらつきがあり、裏側がつるつるしている。晴香の場合、全部が裏側みたいなのだ。

「おいちいですよ、ナマズさん。とってもおいちい」

ピンク色の舌が根元から裏筋までツツーッと這ってきたかと思うと、カリのくびれを舐めまわされた。チロチロ、チロチロ、と絶え間なく舌を動かしているので、舐めるというより刷毛《はけ》で撫でられているようなのだが、異常に気持ちいい。舐め方に、オリジナリティがある。ヴィジュアルもすさまじく悩殺的で、可愛い顔していやらしすぎるじゃないかと、叫び声をあげたくなる。

どうせ下手だろうと決めつけて申し訳ないと思ったが、

「気持ちいいでちゅか？　ナマズさん、ナメナメされて気持ちいいでちゅか？」

いつまで経っても赤ちゃん言葉をやめないので、イラッとした。

「ベージュのパンツのくせにうまいじゃないか」

チクリと嫌味を言うと、晴香の顔から笑みが消えた。眼を据わらせてこちらを見上げ、口を開いた。そのままぱっくりと亀頭を頬張った。眉が太めのせいなのか、ペニスを咥えているにもかかわらず、その表情は凜々しかった。かつての体育の時間、鉢巻きをしていた彼女を思いだした。

「ぅんぐっ……ぅんぐっ……」

晴香が口内で舌を使いはじめた。そもそも小さい口の中で、無理やり舐めてきた。その窮屈で狭苦しい感じが、またたまらない。やがて晴香は、亀頭を強く吸いながら、スポンと抜いてきた。唇の裏側をカリのくびれに引っかけるようにして、チュー、スポン。チュー、スポン……。

「むっ……むむむっ……」

航平は限界まで腰を反らせて、両膝を震わせた。ペニスの芯が甘く疼き、額にじわりと脂汗がにじんできた。

キス顔はあんなに間抜けだったのに、どうしてフェラはこんなにうまいのか——混乱する頭でいくら考えたところで答えなど出るはずがなく、ただ快楽に呑みこまれていくばかりだ。

このまま身をまかせていれば、射精は遠くなさそうだった。だからといって、身をまかせているわけにはいかなかった。射精への衝動が疼きだしたということは、もはや完全に、理性を失っているということだった。頭の中はもう、いやらしいことばかりでパンパンになり、余計なことなどなにも考えられなかった。

5

「もういい」

腰を引いて口唇からペニスを抜き、晴香の腕を取って立ちあがらせた。航平はたぶん、勃起時のナマズのイラストのように、いきり立った表情をしていたことだろう。怒っていたわけではなく、興奮していたからだが、眼が合うと晴香は少し怯えた。その体を抱きしめ、唇を奪った。今度は〇・三秒のキスではなく、すかさず舌を差しだして晴香の口の中に侵入し、つるつるした彼女の舌を味わった。味わいたくてしかたがなかったのだ。

「んんっ……んんんっ……」

息がとまるような深いキスに、晴香は最初戸惑っていた。ちょっと落ちついてよとばかりに背中を叩いてきたが、それでも航平がやめないでいると、やがてうっとりした眼つきになった。

航平は晴香の甘い唾液を啜《すす》りつつ、彼女の股間に右手を伸ばした。ジャージの上から女の部分に触れた瞬間、晴香は驚いたように眼を丸くしたけれど、航平はかまわず指を動かした。彼女の股間は熱かった。いやらしい熱を放っていた。しばらく指を動かしていると、晴香は眼の下をねっとりと紅潮させた。恥ずかしがっているようだが、感じてもいるはずだった。感じているから恥ずかしいのだ。

航平は手応えを感じていたが、晴香はあっさり陥落してくれなかった。羞じらいに身悶えながら、航平の腕の中から逃れようと後退った。航平が負けじと迫っていけば、晴香の背中が跳び箱にあたった。もう逃げ場はない。

キスを続け、股間をまさぐりつづける航平の脳裏には、晴香の下半身の衝撃映像が刻みこまれたままだった。ベージュのパンティは、たしかにダサかった。しかし、それがぴっちりと食いこんだ股間は、一瞬しか見ていないにもかかわらず、土手高のモリマンだったと記憶されている。可愛い顔に似合わない、濃厚な色香を振りまいていた。なにより、太腿や腹部の色の白さがまぶしかった。頬ずりすれば、夢見心地の気分になれそうだった。

長々と続くディープキスに晴香はすでに息も絶えだえで、抵抗の素振りも弱々しくなっていく一方だった。航平はタイミングを見計らい、しゃがみこんでジャージの下をずりおろした。もうヘマはしなかった。ベージュのパンティを見てしまうと、再び空気が凍りついてしまう恐れがあるので、パンティごとずりさげた。

「いっ、いやあっ！」

晴香が悲鳴をあげる。

「なにするのっ！　やめてっ！」

そう言われても、やめるわけにはいかなかった。スニーカーを履いているのでちょっと面倒だったが、パンティごとジャージを脚から抜いた。立ちあがると、晴香が唖然とした顔を向けてきた。

「じょ、冗談よね？　こんなところでこれ以上したら……」

「いまさらなに言ってんだ」

航平は晴香を抱きかかえ、跳び箱の上に座らせた。

「先にフェラしてきたのはそっちだぜ」

「それは……航平くんの興奮を鎮《しず》めてあげようとしたんでしょう」

「本当かい？」

意味ありげに笑いかけてやると、晴香は気まずげに顔をそむけた。

「少しはこうなることを期待してたんじゃないか……」

「そんなことありません」

「まあいい。すぐにわかる」

「きゃあ」

両脚をひろげてやると、晴香は悲鳴をあげてあおむけに倒れた。その股間を、航平は凝視していた。恥丘を飾る小判形の草むら、アーモンドピンクの花びらは小ぶりで縮れが少なく、美しいシンメトリーを描いてぴったりと口を閉じている。そのまわりに毛が生えていないせいで、清潔感がすごい。想像のはるかに上をいく可愛らしさに、しばし身動きもできずに見入ってしまう。

子供のころの夢なんて、たいていが叶うはずのない大それたものだ。メジャーリーガー、宇宙飛行士、億万長者——夢が叶う可能性は限りなくゼロに近くても、叶えた人間は実在する。航平の夢も叶うはずのないものだったが、いま叶った。体育倉庫で自慰をしながら、いつだってこの瞬間を夢見ていた。

「見ないでっ！　見ないでっ！」

晴香は必死になって股間を手で隠そうとしたが、航平は許さなかった。両脚を肘でひろげつつ、左右の手首をつかんで股間を無防備にした。自分の夢の実現のために、彼女を犠牲にしているつもりはなかった。彼女はもう、ランドセルを背負っていた美少女ではない。恥ずかしささえ刺激に転化できる、人妻なのだ。

「ひいいっ！」

晴香が悲鳴をあげた。航平の舌が、花びらの合わせ目を舐めたからだ。舌先を尖らせ、ツツーッ、ツツーッ、と下から上になぞってやる。晴香はおぞましげにひいひい言っているが、やがて花びらの合わせ目がほつれ、つやつやと濡れ光る薄桃色の粘膜が姿を現した。蜜があふれそうだった。にわかに立ちこめてきた発情の強い匂いが、埃やラインパウダーの匂いを押しのけて、鼻腔をくすぐる。

「濡れてるよ」

「言わないで」

晴香は真っ赤になった顔を両手で隠している。

「嬉しいんだ。濡らしてくれてて……」

航平は遠い眼をしてつぶやいた。小学生時代の妄想の中では、けっこうえげつないことをしていた。縄で縛ったり、手錠をかけたり、要するに抵抗できないようにしてからでなければ、愛撫をするところを想像できなかった。求めても拒絶されるに決まっているると思っていたからである。

だがいま晴香は、こんなにも濡れている。薄桃色の粘膜を舐めると、蜜がねっとりと糸を引いた。さらに舐めると、凹《へこ》みがみるみる潤いを増して、アヌスのほうに垂れていった。

航平は舌を躍らせた。夢中になって舐めまわし、あふれた蜜を啜りあげた。花びらを口に含んでしゃぶりあげると、晴香の悲鳴が甲高くなった。さすがにまずいと思ったらしく、すぐに両手で口を押さえた。

彼女の悲鳴にはもう、おぞましげなニュアンスは含まれていなかった。花びらはしゃぶるほどに厚みを増し、蝶々のような形にひろがっていった。可愛かった。まるで股間にピンクのリボンをつけているみたいだ。

「気持ちいいよ……」

ハアハアと息をはずませながら、晴香がささやく。

「なんだかすごく……感じちゃう……」

航平は感動と興奮に身震いしたが、本当に感じるのはこれからだった。まだいちばん敏感な部分を舐めていない。花びらの合わせ目の上端で、包皮を被っていた。それをペロリと剝いてやると、小粒の真珠のようなクリトリスが姿を現した。ずいぶんと大きかった。

まったく……。

モリマンな上にクリトリスがこんなに大きいなんて、可愛い顔していやらしすぎる女だなと航平は嬉しくなり、たっぷりと舐め転がしてやるつもりで舌を近づけていった。しかし、舐めることはできなかった。舌先が大きな肉芽に触れる直前、声が聞こえてきたからである。

「誰かいるのかー？」

男の声だった。警備員だろうか。外はすっかり夜の帳《とばり》がおりているはずで、体育倉庫には蛍光灯がついていた。ここだけ明るければ、不審に思われて当然だった。どうして消しておかなかったのだろう。

ギギギ……と重い扉を開けて、警備員が入ってきた。その直前に、航平と晴香は跳び箱の陰に隠れていた。最悪の事態だった。まわりこんで来られれば確実に見つかってしまう場所だし、晴香は下半身裸だった。航平にしても、ズボンとブリーフを太腿までさげ、勃起したペニスをさらしている。こんな状況で見つかったらどうなるか、想像したくもない。

晴香はいまにも泣きだしそうな顔で、股間を押さえながら震えていた。ジャージを穿きたくても、それは跳び箱の向こうだった。当たり前だが、取りにいけば見つかってしまう。

航平はズボンとブリーフを直すことができたが、晴香に気を遣ってペニスをさらしつづけた。恥ずかしくてしようがなかったが、自分だけ恥部を隠すなんて、器《うつわ》の小さいことはできなかった。

かわりに晴香を抱き寄せた。一蓮托生《いちれんたくしょう》の気分だった。見つかったら、恥をかくのも罪を被るのも一緒。まさしく共犯者である。

「誰もいないのかー?」

警備員は中まで入ってきて声を張りあげた。足音がすぐ近くまで迫ってきた。跳び箱の向こう側にいる気配がした。もうダメだ、という顔で晴香が眼を閉じた。悲愴感たっぷりだったが、元が可愛いので航平は見入ってしまった。もし見つかったら、彼女を守るためになんでもしようと思った。警備員を買収するため、86を売ったってかまわない。

「誰もいないね?　いないようだね?」

足音が遠ざかっていき、蛍光灯が消された。ホッとしたのも束の間、警備員はなかなか立ち去ってくれなかった。

「なんだこりゃ、まいったな」

ギギ……ギギギ……と嫌な音がしている。扉が閉まらないのだ。重いうえに、レールや戸車が錆《さ》びているのだろう。

「早く行かないかしら……」

晴香が耳元でささやいた。羞恥と困惑が入り混じった、複雑な表情をしている。蛍光灯は消されてしまったが、頭上の小窓から外灯の光が差しこんでいるので、至近距離にいれば表情はうかがえる。

「もう大丈夫だよ。外にいるし……」

航平はささやき返し、ジャージの上から胸のふくらみをまさぐった。晴香が眼を剥く。信じられない、と顔に書いてある。

だが、そんな顔をされると悪戯心が疼いてしまうのは、男の悪いところだろう。小学校の体育倉庫というシチュエーションが、童心まで疼かせたのかもしれない。

「ダメだって言ってるでしょ」

もみもみと指を動かすと、晴香は怒りに声を震わせた。

「続きがしたくて我慢できないんだ」

甘えたように言いつつも、手指の動きはとまらない。クンニを優先してしまったが、晴香の乳房に惹かれていないわけではない。見るからに女らしく成長していたが、手のひらに包んでみると、見た目以上に立体感があった。巨乳というわけではないけれど、乳房は大きければいいというものではない。顔やスタイルとのバランスが重要で、Aカップでも扇情的な乳房もあれば、Gカップでも残念な場合もある。

見てみたくなり、ジャージのファスナーをおろしていった。手の甲をつねられるくらいのことはされることを覚悟していたが、たっぷりとジャージの上から揉んでやったせいか、晴香の抵抗は弱々しかった。

「お願い……許して……」

ささやき方がたまらなく可愛らしく、思わず許してあげたくなったが、心を鬼にしてTシャツをめくりあげていく。ブラジャーも当然ベージュだったが、それには眼をつぶった。背中のホックをはずし、カップをずりあげた。

丸々と実った肉房が、薄闇の中で白く輝いた。見るからに柔らかそうで、そのくせ弾力もありそうなふくらみだった。乳首の色は判然としなかったが、薄ピンクに決まっている。

ギギ……ギギギ……警備員はまだ扉と格闘中だ。晴香は恨めしげな顔でこちらを見ている。乳首をコチョコチョとくすぐってやると、泣きそうな顔になった。可愛くてたまらない。

「吸ってもいい？」

「絶対ダメ」

「じゃあ舐めるのは？」

「ダメだってば」

やりたかったら黙ってやればいいのに、ささやきあうことに興奮してしまう。イチャイチャしているというか、乳繰りあっているというか、他人が見たら馬鹿馬鹿しいだけのやりとりに、鼻息が荒くなっていく。

晴香も間違いなく興奮していた。くすぐっていないほうの乳首まで物欲しげに尖っている。発情の匂いも強まっていくばかりで、乳房を露わにされているにもかかわらず股間だけを両手で隠しているのは、そのことを自覚しているからだろう。

「！」

満を持して乳首に吸いつくと、晴香は声にならない声をあげ、ペニスをつかんできた。彼女はやはり、一方的にやられてることに甘んじている女ではなかった。航平が乳首を吸いたてるほどに、ペニスをしごいてきた。超絶フェラができるくせに手つきがぎこちなかったのは、乱れる寸前だったからに違いない。

6

たっぷり十分以上もその場に留まってから、警備員は去っていった。実は警備員ではなく、晴香の同僚教師だったかもしれないが、そんなことはどうだっていい。見つからないように注意しながら愛撫をしあうふたりに、十分間は長かった。見つかったらどうしようと思いつつも、スリルが刺激を倍増させ、お互いの性感帯をまさぐるのをやめられず、呼吸が荒くなっていった。

もちろん、呼吸音だってたてるわけにはいかないので、キスをするしかなかった。しかし、キスをしていれば舌を吸いあうことになり、同時に乳首をくすぐったり、ペニスをしごかれたりしているので、興奮は高まっていく一方だった。

もはや熱狂の最中にいたと言ってもいい。晴香の眼つきは完全におかしくなっていたし、航平も似たようなものだったろう。

ラブホテルなどの密室なら一時間かかって辿りつくような境地に、スリルあふれるシチュエーションのせいで十分間で辿りついた感じだった。時間がぎゅっと濃縮されていた。正確には十分もかかってないかもしれず、というのも、興奮のせいですっかり判断力をなくしたふたりは、途中から女性上位のシックスナインでお互いの性器を舐めあっていたのである。

キスを続けているよりそのほうが呼吸音を消せるはずだと航平が提案し、そうかも、と晴香もうなずいた。ふたりとも完全に馬鹿になっていた。見つかった場合、シックスナインなんてしていたら赤っ恥もいいところだ。

警備員の足音が完全に聞こえなくなり、少しだけ正気を取り戻すと、

「わたし、こんな女じゃないのに……」

晴香はそう言って少し泣いた。

「いまみたいなことだって、したことないのに……」

「シックスナイン？」

「そうです」

恨みがましい眼でじっとりと睨まれ、

「じゃあ、やめて帰る？」

航平は上目遣いで訊ねた。もちろん、やめられるわけがないとわかっていた。航平のペニスは唾液にまみれて鋼鉄のように硬くなっていたし、晴香の放つ発情のフェロモンは体育倉庫中に充満していた。警備員が外で扉を直していたから助かったが、中

にいたら匂いでバレていたはずだ。

「おっしゃる通り、帰ります。航平くんの顔なんて、もう見たくない」

言いつつも、晴香はマットに座ったまま動かない。正座している下半身がもじもじと動いているのは、脚が痺れたからではないだろう。

航平が立ちあがると、晴香は不安げな顔を向けてきた。まさか本当に帰るの？　という心の声が聞こえてきそうだった。

航平は体に残っていた服を脱ぎ、全裸になって跳び箱にまたがった。木馬に乗ったようにギシギシと動かすと、遠い眼になった。

「すげえキモいこと言っていい？」

「……なに？」

晴香ものそっと立ちあがった。ジャージの上とTシャツを直しても、下半身は裸だ。両手で股間を隠した姿が悩ましかった。

「マジでキモいよ。確実に引くよ」

「引かないから言って」

「俺さ、小学校のとき、こうやって跳び箱にまたがって、オナニーしてたんだよね。いつもおまえを思い浮かべてさ……」

「……嘘でしょ？」

薄闇の中でもはっきりわかるくらい、晴香は顔色を失った。

「さっき初恋の相手なんて言ったけど……本当は恋愛感情ともちょっと違う。恋愛感情なんて、実はいまでもよくわからないし……でもその気持ちは、恋とか愛とかよりもっと切実で、俺には大切なものだった……」

晴香は深い溜息をつくと、ジャージの上を脱いだ。Tシャツやブラジャーも取って全裸になったが、スニーカーだけは履いていた。わざとであれば、笑いのセンスはなくてもエロのセンスはある。

向かい合う形で、跳び箱にまたがってきた。全裸になっているくせに、太い眉を吊りあげていた。

「馬鹿っ！」

肩を押された。

「わたしもここによく来てたのに……鉢合わせになってたら、一生のトラウマよ。きっと男嫌いの変人になって、ひとりぼっちの淋しい人生送ってた……」

「……ごめん」

「嘘よ」

晴香はふっと息を吐き、首を横に振った。

「怒ってないから謝らないで。いまとなれば、なんか笑っちゃう話だし。もう子供じゃないから、全然傷つかない。すれっからしに、なっちゃったな……」

「すれっからし？」

「もうすぐバツイチだもん。すれっからしでしょう？」

「そういうこと、言うな……」

抱きしめようとすると、また肩を押された。

「人をオカズにしてたくせに、いい男ぶらないで」

澄ました顔で言われたので、カチンときた。

「オカズなんて言葉よく知ってるな。さすがすれっからし」

航平も肩を押し返したので、手押し相撲のようになった。

「キモい人に言われたくない」

「引かない約束だろ。だいたい、なんで裸になってここに来たんだ？」

「意地悪！」

「黙って抱きしめられてれば感動のフィナーレだったのに、不器用な女だな」

晴香は手押し相撲をやめ、

「そうね……ちょっと照れちゃった」

恥ずかしそうに笑った。頬が涙で濡れているせいか、笑顔がひどくまぶしかった。航平は反省した。全裸で跳び箱にまたがってきた女を前にして、やさしくしてやれない自分のほうが、よほど不器用だ。

肩を押すふりをして、抱き寄せた。晴香は抵抗しなかった。全身から力を抜き、航平の肩に顎をのせてきた。

「わたし……まだ興奮したままだよ」

耳元でささやかれ、航平は彼女の髪を撫でた。言われなくてもわかった。素肌がひどく火照っている。

「頭の中、エッチなことでパンパンだよ」

それ以上言わせないために、唇を重ねた。お互いに相手の口をむさぼるようなキスをした。興奮冷めやらないのは、航平も同じだった。警備員に見つからないように乳繰りあいながら、あるいはシックスナインで身をよじりあいながら、どうやって晴香とひとつになろうか考えていた。

正常位以外に思いつかなかった。格好をつけるのは絶対にやめようと胸に誓った。欲望のままに、衝動のままに求めるのが、晴香とセックスするならもっとも相応しいと思った。

深い口づけを交わしながら、晴香をあお向けに倒していった。跳び箱の上は狭かった。ベンチほどもないだろう。

それでも、下のマットに移動する気にはなれなかった。もうこれ以上、流れをとめたくない。気持ちのままにひとつになりたい。

晴香も同じことを考えているようだった。ここが跳び箱の上であることを、気にする素振りもなかった。落ちたら痛い目に遭いそうなのに、せつなげに眉根を寄せてキスを求めてくる。首根っこにしがみつき、生身の乳房を押しつけてくる。

とはいえ、ふたりとも跳び箱に乗ったままでは、さすがに繋がって腰を振るのは無理なような気がしてきた。航平だけが立った状態になったほうが、よほど悠々とできそうである。

だが、腕に抱いている晴香をどうしても離したくなかった。晴香が両脚をあげた。その間に、航平の腰はある。

「欲しい……」

晴香が眼を細めてささやいた。せつなげでありながら、喩えようもなくいやらしいその表情に、航平は奮い立った。

膝をつくこともできなければ、足を伸ばす場所もなかった。それでもペニスに手を添えて、強引に貫いていく。

「ああぁっ！」

腕の中で晴香がのけぞった。ペニスの切っ先は浅瀬を穿っていた。頑張って亀頭までは押しこんだが、この体勢でそれ以上は無理だった。動くことはできたので、ピストン運動を開始した。先ほどの台詞は嘘ではなかったようで、晴香の中はよく濡れていた。びしょ濡れと言っていい状態だったので、無残なほど肉ずれ音がたった。

「いやっ！　いやっ！」

晴香が羞じらって髪を振り乱す。泣きそうな顔でキスを求めてくる。

航平は舌をからめあうことに応じたが、内心ではキスどころではなかった。なんとかして、もっと深く挿入したかった。脚をジタバタと動かして、斜めになっている跳び箱の側面で足を踏ん張った。あり得ないほど不格好で、明日には筋肉痛になりそうだったが、かまっていられなかった。

「あうぅうーっ！」

晴香が甲高い悲鳴をあげる。結合が深まった衝撃に、いやらしいくらい身をよじる。それでも半分、ピストン運動で勢いをつけて三分の二が埋まる感じだった。これで全部じゃないから！　と言い訳がしたかった。普通の正常位で結合し直し、それを証明したかった。

だが、晴香がすがるように見つめてくるので、ずんずんと突くしかない。やめないで、と彼女の顔には書いてある。あえぎながら、両脚で航平の腰を挟んでくる。動きづらくなったが、結合はほんの少しだけ深まった。

航平はムキになって動いた。だがあまり動くと跳び箱が揺れてギシギシと音をたてる。跳び箱が崩れたら、落ちるより大惨事だ。

「いいっ！　いいようっ！」

晴香が眉根を寄せて見つめてくる。ふっくらした頬に、涙を流していた。

「すごい気持ちいいっ！　こんなの初めてかも……ねえ、どうして？　どうしてこんなに気持ちいいの？」

理由などわかるはずがなかった。しかし、航平も経験したことがないほどの快感を覚えていた。結合は浅いし、動きはぎくしゃくしているのに、それを補ってあまりあるほど、ペニスが気持ちよくてしかたがない。全身が猛《たけ》っていて、まるで体中が燃えているようだ。

不意に、これが恋愛なのかもしれないと思った。

膝もつけない不安定な場所で、動きづらい体勢で動き、呼吸を合わせて快感を分かちあう――お互いが勝手に動けば、跳び箱から落ちてしまう。ケガをするかもしれないし、少なくとも痛い目には遭う。それでも場所を変えずに求めあう。いまこの瞬間の気持ちを、留保しないで相手に伝えようとする。伝えたくてしようがない気持ちが、航平の中にはたしかにあった。

「ダッ、ダメッ……もうダメッ……」

晴香が涙を流しながら唇を震わせた。

「こんなのダメッ……よすぎて死んじゃうっ……わたし死んじゃうよ、航平くんっ！　気持ちよすぎて死んじゃうよおおおーっ！」

我を忘れてオルガスムスに駆けあがっていく晴香を、航平は力の限り抱きしめた。絶頂に達した彼女が暴れだしたら、一緒に跳び箱から落ちようと思った。崩れたってかまわなかった。たとえケガをしても、晴香と一緒にいたかった。体の一部を繋げたまま、快楽以外のものも彼女と分かちあいたかった。

（了）

＊本作品はフィクションです。作品内の人名、地名、団体名等は実在のものとは関係ありません。

長編小説
となりの訳《わけ》あり妻《づま》
草凪《くさなぎ》 優《ゆう》
2021年4月5日　初版第一刷発行

ブックデザイン…………………… 橋元浩明(sowhat.Inc.)

発行人……………………………………… 後藤明信
発行所…………………………………… 株式会社竹書房
〒102-0072　東京都千代田区飯田橋2－7－3
電話　03-3264-1576（代表）
03-3234-6301（編集）
http://www.takeshobo.co.jp
印刷・製本……………………… 中央精版印刷株式会社

■本書の無断複写・複製・転載を禁じます。
■定価はカバーに表示してあります。
■落丁・乱丁の場合は当社までお問い合わせ下さい。
ISBN978-4-8019-2587-8　C0193
©Yuu Kusanagi 2021　Printed in Japan

竹書房文庫　好評既刊

長編小説

となりの未亡人

草凪 優・著

独り身の女たちは悦びを求めて!

淋しいカラダを慰めてほしいの…

地方都市に住む伊庭三樹彦の隣部屋に、若い未亡人・舞香が引っ越してくる。そして、奔放な彼女は、積極的に三樹彦を誘惑してきて…！　一方、職場では三樹彦のデスクの隣に色香溢れる熟女・知世が配属される。彼女もまた未亡人であり、どういうわけか三樹彦を気に入ったらしく…!?

定価 本体660円＋税

竹書房文庫　好評既刊

長編小説

はじらい三十路妻

〈新装版〉

草凪 優・著

年上の彼女は三十歳の処女だった…

羞恥と快感づくし! 魅惑の新妻エロス

年上美女の恵里香と付き合い始めた川島幹生は、彼女に初体験をリードしてもらおうと期待していた。だがいざという時になって、恵里香から実は処女だと告白される。30歳の美女が処女という事実に驚く幹生。はたして年下の童貞は、三十路の生娘を見事快楽の絶頂に導けるのか…⁉

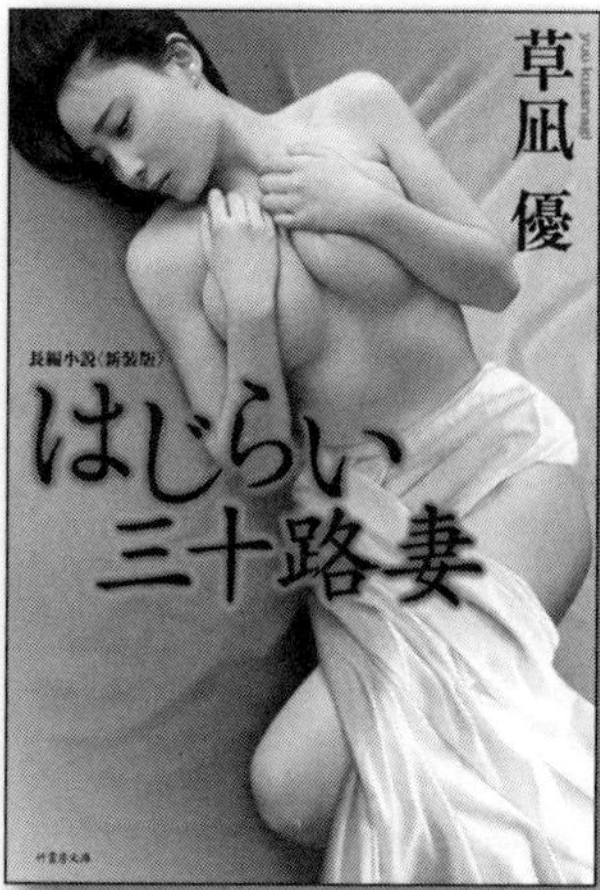

定価 本体660円＋税

竹書房文庫　好評既刊

長編小説

人妻から一度は言われたい誘い文句

草凪 優・著

そのセリフには意味がある…

快楽への招待状…夢の一夜の始まり!

29歳の会社員・矢口は、才媛の女上司と呑む機会があり、離婚間近の自らの境遇を愚痴ろうとするが、逆に彼女から「私だって甘えたいときがあるの…」とホテルに誘われ、人妻と快楽の一夜を過ごす。以来、矢口は近所の奥さんや仕事関係者の妻などから次々と誘い文句を掛けられて…!?

定価 本体660円＋税